JN248183

水着イベントを楽しもうと思ったのに
推しキャラの兄と戦うことに!?
悪役令嬢は今日も華麗に暗躍する
2
追放後も推しのために悪党として支援します!

「お、推しの危機に、私の尊厳なんて……！」
エルディア・ユクレール（エルア）
ユクレール侯爵家の長女。
中身は元日本人の転生者で、
有能なのに推しが絡むと残念な性格に。
「俺にも、あなたをもう少し堪能させてください」
アルバート・ベネット
エルディアの筆頭執事。その正体は、
元凄腕暗殺者のダンピール。
エルディアの最推し。

「お前の炎はすべてを穿つ！
全霊で貫けイシュバーン!!」
アンソン・レイヴンウッド
ウィリアム王子の直属近衛騎士。
フランシスの弟でブラコン。
快活な性格で頼れる兄貴肌。
「ねえ、またアンソンを
殺しに来たのかな。プレイヤー」
フランシス・レイヴンウッド
元王立魔術研究所の研究員。
アンソンの兄。
ゲームでは、NPCキャラクター。

今までのあらすじ

「推しが幸せになってくれるならそれ以上のご褒美はないわ！」

人生を捧げ推しのために課金しまくったゲームの悪役令嬢に転生した、元OL・エルディア。「推しのためなら!」とシナリオ通り悪役を演じて、見事に追放イベントをクリア！　今度は陰から推しへの支援（課金）をしながら萌えを満喫しよう――と思ったのに、なぜか勇者と聖女には慕われてるし、最推しは私の従者を続けてるんですけど!?

ひとまず、勇者達から逃げ次のイベントの下地を作るべくリゾート開発を進めるも、思いがけず吸血鬼の真祖ヴラドと戦うことに。まさかのゲーム本編からサイドストーリーに突入だと!?　激闘の末、アルバートがその力を吸収することでなんとか勝利することが出来た。不測の事態はあったものの、引き続き推し達を支援（課金）するためキャラクター強化イベントの舞台となる地、リソデアグアで水着イベントを起こすため動き始めるのだが……。

悪役令嬢は今日も華麗に暗躍する
追放後も推しのために悪党として支援します！
道草家守
ill. 春が野かおる
2

口絵・本文イラスト
春が野かおる

装丁
ムシカゴグラフィクス

Contents

Akuyakureijyō ha
Kyō mo Karei ni
Anyaku suru

プロローグ　疑われる腹などありません！

人生を捧げたソシャゲがあった。

そこで、全財産をつぎ込んでも惜しくない推し達に出会った。

集めた推しグッズの下敷きになったと思ったら、ゲームの悪役、エルディア・ユクレールになっていたとしても、その想いは変わらない。

推し達を明るい未来へ導くために、あと陰から思う存分愛でるために！　悪役になってしまったのなら、役割を全うし、裏から課金……もとい支援をしたのである！

その努力は見事に実り、私はシナリオ本編通り追放されたのだが。

何故か勇者くんと聖女ちゃんは、「私」を嫌うどころか仲間にならないかと誘ってくるわ。

ゲーム最推しキャラアルバートが、従者として私の側に居るどころか告白なんぞをしてくるわ。

どうしてこうなったと頭も抱えるけれど、それはそれ。

今日も今日とて推しの為、せっせこ悪党として暗躍しているのだった！

昼下がりのホワード商会の応接室、私は大切な客人に会おうとしていた。

扉の前で一旦止まり、緩い癖のある栗色の髪と、ドレススーツに乱れがないか確認する。

大丈夫、イケるイケる。今の私は緑の瞳のお姉様的美女だもの。あとはぼろを出さなければ良いだけ。それでも高鳴ってしまう胸を押さえていると、私の隣に彼が立つ。

もはや反射的に顔を上げると、襟足にかかるほどの黒髪に、アメジストのような紫の瞳をした白皙の青年がこちらを覗き込んでいた。神が与えたもうたとしか思えない、バランスの取れた肢体を燕尾服に包み、憂いある切れ長の眼差しを私に向けている。

毎日見ているはずなのに、不意に思い出す。

「うっわ、顔が良い」

私の不審な呟きにも、彼、アルバートは慣れたもので完全スルーだ。さすが私の最推し従者様、気がつけば十年一緒にいてくれているだけあって、私の扱いにとても慣れていらっしゃる。

「準備はよろしいですか」

「あなたへの動悸で全部吹っ飛んだのでよろしいです」

本気で言ったのに、アルバートは呆れた眼差しを向けてくる。

うん、自分でもどうかと思うんだけど、ほんとに気が楽になっちゃったんだもん。前世からずっと不動の最推しなアルバートは、顔だけで私の情緒を塗り替えてくれる。

いつもお手数かけます。推しの効能をありがたがりつつ、私はアルバートが開けてくれた扉から室内へ入った。


国の要人を迎えることもあるその応接間は、ホワード商会の威信にかけて品良く、かつ一級の調度品で整えられていた。

そんな部屋のソファに座って待っていたのは、一人の男性だ。

「やあ、ホワードさんお邪魔しますよって。あんじょう儲かってはりますか?」

「ごきげんようリデル。まあまあというところね」

入室した私に話しかけてきたのは、リデル・エレル・ナビールだ。

ウェーブがかった髪を異国風の髪飾りで押さえて、ゆったりとした服に身を包んでいる。うさんくさいを絵に描いたような男である。そして限りなく細い目に、色つきレンズのサングラスをかけて意味深に微笑んでいた。中東から来た行商人って感じだ。

この人もゲームに出てきた人で、表向きは「抜き屋のリデル」で通っている商人兼情報屋だ。

ゲーム上でも勇者くんや聖女ちゃんの前に現れては、いろんな情報を教えてくれる。

うさんくさいし、意味深だし、隠していることもある。ちょっと気を緩めるとぼったくり価格で商品を売りつけてくるが、情報の正確さは信頼できた。何より商売として十分な対価を払えば、深くはこちらの事情に突っ込まずつきあってくれる。だから商売相手として、定期的に聖女ユリアちゃんと勇者リヒトくんの情報を提供してもらっていた。

うちの諜報員は優秀だけど、実際に張り付ける場所も限られているし、彼らの情報はいっっっくらでも欲しい。だから商人という、接触しやすい職業であるリデルに願ったのだ。

そして今、その情報を渡してもらう場、なのである。まあただ？　彼もゲームキャラだから、これをきっかけに彼らの協力者になって欲しい下心ももちろんある！

というわけで、私はリデルの正面のソファに座るなり切り出した。

「あなたが来たということは、頼んでいた商品が手に入ったのね？」

「まあ、ぼちぼちってところですけど。あんさん、ほんに変なお人やなぁ。俺のようなしがない商人を、こーんなけったいな場所に通して、直接話すんですから」

リデルが糸目のまま、お茶を傾けつつ呆れた言葉を漏らす。

それはあなたがガチャキャラで、私に思い入れがあるからなんですよ。

クエストに一緒に連れて行くと、ちょっぴり多めに強化のために必要なお金をドロップしてくれてな。このうさんくさい関西弁風の言葉遣いが楽しくて癒やしなのだ。そんなわけで、時間の都合がつくときは、なるべく会うようにしてるんです。

……とまあ、そんなの言ったら不審がられるので、ふんわりと笑ってごまかしてみせる。

「わたくしはあまり表に出ないから、外の情勢を肌で知る機会は少ないの。だから、品物以外にも、あなたのような外部の人間は貴重なのよ。そうでなくても、あなたは役に立つもの」

主に情報面でね！　私がにっこり微笑んでみせると、リデルは大げさなまでに震えた。

「おおこわ、どうされてしまうんやろな」

「無理難題をふっかけたことはないでしょう？　あなたができることしか頼んでいないわ」

「まあそうではあるんですけどねえ。対価がこう、釣り合ってないんですわ」

「あら？　街道の清掃だけでは足りなくて？」

　今回は金銭じゃなくて、街道にはびこった魔物の掃除だったんだよね。輸送ルートになっている街道が使えないのは、うちでも困る。魔界の門も出現していたから、私も出張ってアルバートと千草と三人で清掃したんだよね。

　魔界の門は、聖女か聖女候補が束になってかかって、ようやく閉じられる代物だからさ。

　私的にはうちの商会の実益も兼ねているから安いなあと思うんだけど、アルバートにはやりすぎだって言われたもんだ。だからこれ以上は出せないんだけども。

　いまいち彼の意図が見えないなあと考えていると、リデルの目が笑っていないことに気がついた。

「あんさんは奇妙なんですわ」

「ふうん？」

「商人にとって利益ちゅうもんは第一に考えるもんです。それは金銭だけやない。情報だってそうや。情報は金になります。けんど、あんさんが聞きたがる情報は、ほかのお客はんが知りたがるところとは少しばかりずれとります。利益が出ない……たとえば魔界の門をいつどこで閉じたかはともかく、聖女はんや勇者はんの服やどんな会話したかなんて、だーれも知りたがりまへん」

　あ、こいつ、リヒトくん達の情報をほかの客にもリークしてるって、あっさり言ったな。まあ勇者と聖女の動向は誰(だれ)も気になるだろう。それに、今後あの子達にはフェデリー以外のつながりも必要になるから良いことだ。

私がそのあたりが欲しいのは、ストーリー通りに進んでいるか確認するため。あとぶっちゃけゲームではわからなかった、推しの供給やら二人が健やかに旅をしているかが知りたいからだ。

そういや、そんなヲタクの習性を知らなかったら変なものばかり要求しているかな。

おっと、想定以上にリデルが疑いの眼差しで見てるぞ⁉

「あんさんは、なんであの子らぁをそこまで気にかけますん」

「ナビール様」

その時、室内に残っていたアルバートがリデルへ呼びかけた。

本来、使用人が主(あるじ)の客人に勝手に呼びかけることは非礼だ。主人の名誉にも関わるんだが、彼の声は冷えた威圧で満ちている。わざとだな、にしても何でこのタイミングで？

「好奇心は、たとえ獅子(しし)でも殺しますよ」

アルバートが続けた言葉に、リデルの眼差しが一瞬、本来の鋭さを帯びる。

ひえ、そりゃあ彼の本来の主を彷彿(ほうふつ)とさせる獅子を持ち出したらそうなるよ？　いやでも探られるのもなぁ。私の態度の何がそこまで……。

ってあ、そういうこと？　もしかしてリヒトくんとユリアちゃんの仲間になってくれたの⁉

そっかー！　それなら情報抜いている私のこと警戒するよねー！　いいよじゃんじゃん警戒して！　でも情報貰(もら)えなくなるのは困るな……うんうん、なら。

私は、アルバートと睨み合っているリデルへ、安心させるために微笑んでみせた。

「大丈夫よ、リデル・エレル・ナビール。わたくしはあなた達の不利益になることはしないわ。わたくしはあくまで自分のために、あの子達を愛でているのだもの」

「……本当に怖いお人や。俺はあの子らとの関係、何にも言うてませんのに」

そう呟いたリデルは、だけどすぐにいつもの食えない表情に戻り、両手を広げてみせた。

「まあ言うてももったいぶるような話はなーんもありゃしまへん。勇者はんと聖女はんは魔界の門を閉じるのに大忙しですさかい。ただ、息抜きなのか、ちょいと随伴している騎士はんの里帰りをするらしいですわ」

何ですって。

「その騎士の名前は」

震えそうな声を絞り出したが、リデルはあっさりと答えた。

「アンソン・レイヴンウッドですわ」

私のテンションがマックスになったので、外面固定モードを発動した。

今日も元気に、推しに萌え転がっています！

第一章　弟属性はギャップの宝庫

説明しよう！　外面固定モードとは！

不意の推し供給や圧倒的萌え解釈に直面したにもかかわらず、一般人が跋扈（ばっこ）する公共の場だったという絶望的な状況下で有用！　なんとか一般人を装うために、表情筋を微笑に固定する技である！　隠れヲタクには必須（ひっす）の技能だよ！　おしまい！

私は商会から自宅の屋敷に帰ると、涼しい居間で休憩と称しつつ早速アルバートと相談をしていた。

「にしても、アルバート今日は珍しかったね？　会話に割って入るなんて」

ティーワゴンを前に茶の準備をしているアルバートに話しかけると、彼は手を止めずに答える。

「ナビールはあなたの本来の姿を探りたがっていましたから、釘（くぎ）を刺しました。まあ、あなたのだめ押しで、しばらくはおとなしくするでしょうが」

「私何かした？」

普通に推して愛（め）でますので安心してね、って言ったつもりだけど。

なのにアルバートは、私にかわいそうなものを見る目を向けてくる。

「あなたは『不利益になるようなことはしない。自分のために愛でている』と語ったでしょう？　それを深読みすると『自分が満足する情報を持ってこなければ見捨てる』ともとれるのですよ。今回は完全に奴の自滅ですが」

あいやー!?　そんな意図みじんもありませんけど！　そうか、だからリデルってばちょっと顔色悪くなったのか。

納得していると、アルバートは紅茶をサーブしつつ紫の瞳でこちらを流し見てくる。

「俺としてはナビールも一応諜報員、できれば遠ざけて欲しいのですが……では失礼します」

「どうぞどうぞ。……あの人の経済感覚は役に立つし、ほかのキャラにもつながる大事な人なので現状維持で行きたいです。私もゲームでとてもお世話になったし……」

私が神妙に言うと、斜め横の椅子に座ったアルバートが肩をすくめた。そのまま、自分のティーカップを傾ける。

うふふ、まあ主従なのですが。屋敷の中それも二人っきりだけの時は、彼も私のお茶につきあってくれるのだ。

アルバートが長い足をもてあますように椅子に腰掛け、カップを持つ姿は、そこらの貴族なんかよりもよっぽど優雅だ。真祖の力をなじませてからは、より一層妖艶な気配をまとうようになっていた。見てるだけでどきどきしてしまう。いやことあるごとに見とれてるけど。

ちなみに今日のお茶請けは、スポンジケーキにジャムを挟んだケーキである。今回のジャムはオレンジ系かな。地球でいうヴィクトリアンケーキなんだけど、これシンプルでうんまいんだ。

「それで、今回の情報は何だったんですか。アンソン・レイヴンウッドに関することのようですが、あなたが表情を崩しかけるなんてよほどでしょう」

「あっはっは。私の外面もアルバートにはバレバレか」

「ナビールのような、にわか諜報員と一緒にしないでください。……と言いたいところですが。あなたが普段より令嬢らしい態度になる時は、衝動を隠している時と知っているだけですね」

もうそればれてるってことじゃない。アルバートに隠す気はこれっぽっちもないんだけどな。

ケーキをもきゅもきゅ食べていた私は、身を乗り出した。

「いやね、『アンソンが兄ちゃんに会いに行く』ってのはストーリー上重要な場面なんだ。だからつい嬉しくなっちゃったんですよ」

アルバートの紫の目が軽く見開かれる。

でも私も展開を確認しといた方が良いな。と思って書斎に向かい、二冊の手書きのノートを持ってくる。

ちょっと撚れた紙にびっしりと書かれているそれは、ゲーム「エモシオンファンタジー」のシナリオと、考察集だ。

エルディアになってすぐ、忘れないうちに作っておいたやつである。本編、イベントストーリーはもちろん、覚えている限りの設定まで網羅してあった。もう一つの考察集は、ゲームと今直面している現実の違いを随時書き起こしているノートだ。この間の対ヴラドのコネクトストーリーについても、ちゃんと書いてありますよって。

……ん？　薄い本のネタ帳？　それも別です。別。とっくのとうに二桁になってますがなにか。

脳内突っ込みを入れつつ、いわば私の命綱であるノートをぱらぱらめくれば、二章の序盤にちゃんとあった。

ひょいひょいと手招きして、アルバートにページを指し示す。

「まず、エルディアの破滅追放が一章のクライマックスでしょ。二章では傷心の勇者と聖女が頻繁に出現する魔界の門を閉じるために、各地に遠征を命じられるの。まあこれも裏でエルディアが暗躍してるんじゃないか、ってシナリオ配信当時は言われてたんだけども。けどそのおかげで、ユリアちゃん達は運命の出会いを果たすんだ」

「正気を保った魔族との邂逅、ですね」

「そのとおり」

アルバートの言葉に、私は大きく頷いた。定期的にストーリー進行を確認しているとはいえ、よく覚えていてくれているもんだ。

魔界の門を閉じる旅の途中で出会うのは、魔族の少女「アルマディナ」。

藍色の髪に、こめかみに一対の角が生えた彼女が、毅然と魔物達に命じる姿は、人と全く変わらない。今まで、無秩序に襲われるばかりだった聖女と勇者は動揺する。そんな彼らに、アルマディナは敵意を向けるんだ。アルマディナにとっては、聖女も勇者も同じだからね。

『貴様らに責める資格があると思うのか。人間どもが無秩序に門を開けるせいで、被害を受けているのは我らのほうだ』

吐き捨てるアルマディナは、フェデリーの騎士服をまとったアンソンに憎しみを向ける。

『その服を着た、悪魔どもの手によってな』

聖女と勇者はその言葉で、このフェデリー国の上層部の中に、魔界の門を開いている人間がいると知るのだ。

もしかしたら、国の中枢に関わる人間かもしれない。恐ろしい推測を解き明かすため、勇者達は魔界の門や魔族について知ろうと考える。

そこで頼ろうと考えたのは、魔界の門研究の第一人者であり、数年前に魔法研究界から追放された「フランシス・レイヴンウッド」だ。

このフランシス・レイヴンウッドだが。実は、第二王子ウィリアムの専属騎士である、アンソンの兄ちゃんなのだ。こういう縁もあって、居場所を知っていたアンソンを頼りにフランシスに会いに行く。そうすることで、今後に関わる重要な情報をもたらしてくれるパートだ。

なにより、フランシスが王都から追放されて疎遠になってしまった兄弟が、協力し合うことで和解する。

からっとした性格であるアンソンの弟属性が発覚したり、ぎくしゃくしていた兄弟が勇者の一言でかつての仲の良さを取り戻したり。ストーリー的にも大変美味(おい)しかった覚えがある。

アンソンがほんっと良いんだよ。兄ちゃんと仲良くしたいのに、騎士の立場上かばえなくて悔しい思いを隠していてさ。それが原因で兄ちゃんに話しかけられなくなったり、でも兄ちゃんのことぎこちなく気遣ったり、百八十センチメートル超えの男前が可愛(かわい)く思えたもんだ。

しかもこのストーリーで、アンソンは気になる子に対してめちゃくちゃ不器用になる、という事実が公式と化した。夢女界はざわつき、この仲の良さは禁断の兄弟愛では？　と腐女子界までスタンディングオベーションしたものだ。

「このエピソードはぜひとも直接鑑賞したいんだけど、アンソン兄が隠遁（いんとん）しているのが僻地（へきち）だから厳しいのよね」

「わかりました。では記録カメラを配備させます」

心得ているアルバートがそう答えてくれる。私が隠れて眺められない場所では、うちの使用人が開発した魔法式記録カメラ（小型）を持たせて記録してくれるのだ。

えっ盗撮？　いや、ゲームの流れとの差異があるのなら、精査できるようにしとかなきゃいけないという今後に向けての布石ですよ。何度も再生して愛でるのはついでだよ！！

「ありがと、う……」

相変わらずアルバートは頼りになる、とお礼を言おうと顔を上げて、かちんと硬直する。

息が触れそうな位置に、アルバートの横顔がある。

え、まてまてなんでこんな近いの⁉　まつげの長さまでわかるんですけど……てそうか、同じ本を覗（のぞ）いているんだから当然かあっはっはっは。自分の首を絞めるなんて何をやってるんだ私⁉

おかしい、なぜうかつに最推しに近づいてるんだ、目がつぶれるじゃないか。

どっどっと飛び出そうな心臓を感じながらも、目が離せない。伏し目がちなアルバートが、ノートに視線を注いだまま落ちた黒髪を耳にかける。かすかに見えるうなじに、私はひっと息を呑（の）んだ。

そこでアルバートが、私に気づいたようにこちらを向いた。紫の目と合い、細められる。

「どうかしましたか」

「とても、お顔が近いです」

辛うじて言うと、アルバートはゆっくりと瞬いた。この距離で瑕疵がない。顔が良い。

「おや、今更でしょう。最近はこれくらいの距離だったじゃないですか」

「た、確かにそうですけど、それは真祖の血をなじませるためだったでしょう？　私の心臓が持たないです」

ヲタクの心臓はとても弱いんだぞ、いたわってくれ！

だけどアルバートは、呆れたように肩をすくめるだけだ。

「こうでもしないと、あなたはいつまでたっても慣れないでしょう。そもそも俺とあなたの関係は」

「推しとヲタク！」

「……主従が出てこないところに、呆れて良いのかわかりませんが。さらにもう一つ、加わったでしょう」

私はひぐ、と息を詰まらせた。そうでしたね、思い出さなかったふりをしていましたが、想い想われなのも増えましたね。

約十年前。美少年だった頃に拾って以来、一緒にいたアルバートに告白されたのが、追放直後。

全身全霊を捧げるほど推していた人に振り向かれた私は、大混乱に陥った。だってそうだろ？

推しは今まで私が一方的に崇めて愛でて愛するだけだったんだ。ぶっちゃけ萌え転がる姿は様子が

おかしかったと思う。でも吸血と一緒に伝えられた彼の想いは、疑う余地がないわけで。私が盛大に自爆して白状してしまった結果、想いを通じ合わせたということに、なり、ました。

まだ恋と愛なおきもちを当てはめるのには、今でもヲタクとして大変に抵抗がある。けれども、忘れるつもりもない。

おそらくじんわり赤く染まっているだろう私の顔を、アルバートが覗き込んでくる。ひえ。

「俺にも、あなたをもう少し堪能させてください」

「た、堪能って何ですか。私が堪能するならともかく、あなたがする要素がどこに」

「好いた人の顔は眺めたいものなんでしょう。あなたもよく言ってるじゃないですか」

「いや言っているけれども！　今めちゃくちゃみっともない顔してるから、やめてくれ心が死ぬ」

一応エルディア・ユクレールの顔は美人に分類される。が、推しに萌えている顔がまともなわけがないじゃないか。

私が必死に顔を背けようとするのに、アルバートは容赦なく追い詰めて来やがるんだ。

「おや？　俺の顔、見とれたくはないんですか？」

かすかに首をかしげたとたん、彼の艶（つや）やかな黒髪が流れる。

ひぇ、と私は硬直した。

紫の瞳（ひとみ）は柔らかく和み、いくらでも眺めて良いと、いっそあざといまでに甘く促すその顔は。

「見とれたいに決まってるじゃないですかぁ……」

いやね、もうね。推しにそう言われたら見るしかないじゃないですか。美しいものは、いくらでも眺めていたいんだ。きれいなものは無条件で心を潤してくれるから。

うぅなんだこのアップに耐える顔面。尊い。

私が半泣きでアルバートから目をそらすのをやめると、彼はいつものすまし顔に戻る。けどそれはそれで良いものだ！

「ではこの距離感にも慣れましょうね。……まあ、だいぶ慣れてくれましたが」

「うっうっ、なんか言った……？」

顔の良さに見とれてたら、アルバートの言葉を聞きのがしたけど、曖昧な顔でごまかされた。うう、手玉に取られている気がするけどしょうがない。だって顔がいいもの。

「で、このフランシスもキャラクターですよね」

「情緒を散々かき乱しといて、本題に戻すところも推せる。それよりよく覚えていたわね。一回か二回くらいしか説明したことないのに」

「あなたの生死に関わるんですから、覚えていますよ。それに少なからず、あなたに関わっていた人物ですから。一通り調べもしました」

アルバートってば、そういうところ律儀というか、まじめというか。なんかこそばゆい。

「このストーリー進行については、俺達が介入すべきことはありますか」

「ううん、ないわ。アンソンはいわずもがな。フランシスもゲームでの情報は少なかったとはいえ、ゲーム通りの人だったから。数少ない安心して見てられるシーンなんだ」

私は数年前のフランシスを思い返す。うん、やっぱりゲームでの印象と変わらない。

フランシス・レイヴンウッドは、赤みがかった金髪に、空色の瞳が理知的で、浮き世離れした研究者って感じのひとだった。

この後の方が時間経過が厳しくて張り付かなきゃいけないから、ただのファンとして楽しめる平和なシーンは貴重なのだ。これからシナリオ、どんどん修羅場ってくるもん。

「ほかにもやるべきことはあるし、記録だけしっかりお願い」

「かしこまりました。……それにしても、アンソンですか」

にやついていた私だったが、アルバートが了承しながらも考える風なのに気がついた。

「アンソンがどうかした？」

「いえ。……では、フランシスの隠遁所周辺に、記録カメラを仕掛けさせますね」

私の問いには答えず、アルバートは優雅に頭を下げた。

ふへへへ……。また一つリアル供給が増えるんだ。

楽しみだなあと思いつつ、私はのんびり紅茶をたしなんだのだが。

思わぬ事態が発覚したのが数日後。
アンソン達がフランシスに追い返された、という一報だった。

「これから緊急会議を開きます」

私が真顔で宣言すると、物珍しげに室内を見渡していた千草が、ぴんとうさ耳を立ててこちらを向いた。その拍子に、後ろで一つに結っていた月色の髪が揺れる。

彼女は、兎月千草。私の推しの一人である侍の美女だ。ゲームキャラクターである彼女を、やむを得ない経緯で助け出したのだが、彼女の意思で私に仕えると誓ってくれた。号泣したのはどうか記憶から消してほしいが、彼女の主としてふさわしくあれるようにしたい。

にしても、いつもの着物とたっつけ袴姿でソファにちょこんと座っているのがかわいい。なのに私が声をかけただけで、金色の瞳を真剣にしてくれるのがかっこいい。好きだ……。

しみじみと内心拝んでいると、千草が声を上げた。

「あいわかりもうした、拙者が役に立つかはわからぬが知恵を貸そう。……だがその前に、この部屋はどういった部屋でござろうか」

「あ、そっか千草は初めてだったか」

千草は自分の部屋と生活に必要な区画、それから鍛錬場くらいしか行かないもんね。

「ここは視聴室。主に記録媒体とか娯楽映像とかを眺めるための部屋だよ。まあ私くらいしか使わないし、作戦会議の場として使われることのほうが多いけど」

「作戦会議と言うと、主殿が世界の脅威をくぐり抜けるために、勇者と聖女殿を導く算段を立てることだな」

「……いや、そんな仰々しいものじゃないんだけど」

ふむふむと神妙な顔で頷く千草には、さらに説明もしづらいな。

視聴室とはいうものの、広々とした室内にあるのは、私達が陣取るソファセットとテーブル。隅っこにカラオケ機材みたいな黒い箱と、天井にミラーボールに似た魔法道具がぶら下がっているくらいだ。人を迎え入れる部屋じゃないから、殺風景だ。記録媒体的なものは隣部屋にまとめてあるしね。会議室として使う時には、椅子と机に変えるけど、今回は人数が少ないのでソファとテーブルのままだ。

すると、テーブルに飲み物と、軽くつまめるおやつを用意し終えたアルバートが言った。

「おおむね間違ってはいませんし、これからわかることですから。話を進めてください」

そうして彼は、一つ離れたソファに腰を落ち着ける。

ほかの子はいないし、長丁場になるからね。アルバートの中で、千草は部下枠じゃないらしいし。

まあともかく、目下直面した重大問題について語らなければならないと、私は居住まいを正した。

「まず、二日前。アンソンとフランシスの邂逅があったの。本来なら、素直になれずに硬い態度を取るアンソンに、嫌われていると誤解していたフランシスだった。けど、フランシスが魔物に襲われて、アンソンが体を張って守る。このことで行き違いに気づいたフランシスが、魔界の門と魔物について語り、和解する。という王道中の王道展開が大変においし……」

「エルア様、話がずれています」

「ごめんなさい。ともかく、魔界の門についての情報を得るための、重要なシーンなのよ」

アルバートに注意されつつ説明すると、千草はふんふんと頷いた。

「今回その重要な情報の伝達が、うまくいかなかったとのことだが」

「そうなんです。フランシスが、アンソン達を追い返しちゃったのよ」

ぶっちゃけ完全に予想外だったから、頭を抱えているんだ。原因が全くわからないわけで。

「これがプレイアブルキャラなら多少は考察できたんだけどね。フランシスは違うから、突破口になる事柄がないんだ」

「そのう、拙者がぷれいあぶるきゃら、という主殿の予知の上でそれなりに重要な存在であったことは覚えておるのだが。フランシス殿は、どう違うのでござろうか」

「そうなのよ。フランシスはNPC……つまりリヒトくんと一緒に戦わない人だったの」

プレイアブルキャラ、というのは、プレイヤーが仲間にできて、一緒に戦えるキャラのことだ。対してフランシスはNPC……ノンプレイヤーキャラといって、こちらが操作できないキャラである。専用立ち絵はあって、ゲームの進行上配置される名前のないモブキャラよりは重要だ。けれども、絆(きずな)を上げることもつつきボイスもない。その分知ることのできる情報も少ないんだ。

エモシオンファンタジーはNPCにも専用立ち絵が豊富で、後の実装があることも全く予測できなかったんだよなあ。

と、ちょっと思考がそれた。

千草にはこの世界の人には理解しがたい部分を省いて、大まかに説明をしていた。けど、これはどう語ったものか。

頭をひねっていると、アルバートが答えた。

「ＮＰＣは特定の状況下で、よりよい歴史に進ませるために重要な役割を担った者、と考えればいい。プレイアブルキャラは勇者や聖女に直接協力し、ＮＰＣは間接的に協力する立場だ」

「ふむ。フランシスとやらは、後方支援役なのだな」

「アルバート、説明うまい。千草、だいたいそのとおり」

アルバートの、咀嚼した情報をその人の理解度に合わせて語る技術ほんとすごいわ。

私は感動しながら、話を続ける。

「ここでフランシスに魔界の門と魔族について語ってもらわないと、魔界の門の構築実験をフェデリーの国王が主導しているところまで思い至れないのよ」

「……主殿、今なんと言われた」

これすげえ困るんだよね、補填もしづらいし。どうしたもんかなと悩んでいると、ふんふんと頷いていた千草が強ばった顔をしていた。

「フェデリーの王が、何をされていると」

「ああ、今頻発している魔界の門の出現は、フェデリー国王が主導している『魔界の門兵器化実験』の副産物なのよ」

「それは一大事ではないか⁉」

千草が身を乗り出して、驚きをあらわにしている。おう、その通りだよ。

結論から言うと、今、周辺各国で問題になっている魔物の続出は、フェデリー国がやっている魔界の門の構築実験による影響だ。

それを先導しているのはフェデリー国王、アウグス。魔界の門や、暴走した魔物の気配に聡い聖女に実験を気づかれないよう、研究所や王都から遠ざけてまで行っている。ユリアちゃん達を「魔界の門への対応」という理由をつけて、遠征に出しているのはそのせいだ。

まあここのあたりは、なんやかんやあるんだけどもおいといて。

「千草、紅茶がこぼれる。気をつけろ」

「あいすまぬ。……だが魔界の門を故意に開くなど、あってはならぬ所行だ。暴れる魔物が増えれば、国が崩壊するではないか！」

アルバートに注意されて千草はソファに腰を戻した。だけど、実感が伴っていない様子だった表情が引き締められ、背筋が伸びる。

「拙者が役に立つのならいくらでも使ってくだされ。で、何をすれば良いのだろうか」

「うん、今から彼らが邂逅した時の映像を流すわ。先入観のない千草から見て、気になることを教えて欲しいの」

私じゃ、ゲームの先入観があって、気づかなかったことがあるかもしれない。彼女は純粋でお人好しだけれども、だからこそ鋭い。

けれど、千草はきょとんとする。

「映像、とな？」

「勇者達とフランシスが邂逅した時の映像。アルバート、再生して」

「かしこまりました。が、その前にエルア様、何度見ました？」

私は実際見せた方が早いと思ったのだが、立ち上がったアルバートの確認に、ぎくりとする。

「えっと、二周はしたから、たぶんへいき」

「……心許(こころもと)ないですが、仕方ないでしょう。気を確かに持っていってください」

「はい」

私が神妙に返すと、千草が戦慄(せんりつ)していた。

「い、一体どのような凄惨(せいさん)な映像なのだ……」

「大丈夫だよ。一般人には普通の映像だから」

そうなんだ、あくまで私だから衝撃だっただけなんだ。

言いつつ、私は、背中側に置いてあったクッションを前で抱える。これが命綱だ。

にぎにぎぎゅっとした私は、パチンと照明が落とされ暗くなった室内で、そのときを待った。


室内が暗くなったとたん、天井からつり下がったミラーボールのような投影機から、映像が部屋いっぱいに広がった。隅に置いてあった機材を通して、記録映像が再生されているんだ。

瞬間、室内に鳥の鳴き声が響く深い森が現れる。

そこはイストワ国内、リソデアグアの近くの街から、さらに外れた位置にある森だ。

緑の匂(にお)いがしないことが逆に不自然なほど、その映像は鮮明である。

「なんっと……これすべてが映像か⁉」

「最新の機材を導入しているからな。今回は人を感知すると、自動的に焦点を合わせる」

ぽかんとする千草にアルバートが語る言葉も、私の耳には入ってこなかった。

視界左端あたりに、一軒家が見える。少し時間がたつと、遠目でもわかる集団が現れた。

『こんな町外れに、お一人で住んでいらっしゃるなんて……』

『誰（だれ）にも会えないし、不便なんじゃないか？』

ひ、と私は息を詰めて、すがるようにぎゅっとクッションを握る。

茂みの向こう側から現れたのは、聖女ユリアちゃんと勇者リヒトくんだ！　愛らしさは変わらず、動きやすい恰好（かっこう）で歩いてきている。

「うっ……デフォルト剣士リヒトくん尊い」

今のリヒトくんはゲーム内のいわゆる「剣士」の恰好をしていた。ゲームではジョブによって使える武器や能力を変更できる。私もクエストや一緒に組むキャラクターに合わせて、ジョブを変えていたものだ。

この場面は、ゲームでは初心者が詰まり始める部分だ。デフォルトのままなのは、ちょいと気になる。けどまあ、リヒトくんはフェデリー国内で剣を学んだわけだから、剣士を選ぶのはごく自然だ。ぶっちゃけ、ゲーム内のジョブがキワモノばかりでおかしかったんだよな。

それに二次創作では一番よく描かれている姿なので、私的には安心感がある。

今回のユリアちゃんは、人目を忍ぶために聖女の服じゃなくて村娘って感じの姿をしていた。

「かわ、きゃわわ……」

私は耐えきれずに声を漏らした。

推しがストーリーの舞台にいるだけで尊いよ、尊いかよ、やっぱ無理だよ平静に見れないよ。

さらにリヒトくんの後ろから、背の高い青年が現れた。

赤い短髪に、整っているにもかかわらず、どこか無骨な雰囲気の漂う騎士服の青年は、アンソン・レイヴンウッドだ。

弱冠二十五歳にして、フェデリーの騎士団内でトップの実力を誇り、ウィリアムの筆頭騎士として忠誠を誓う。その長剣から繰り出す攻撃力と有数の防御力は大変に！　大変に！　そりゃあもう大変に使いやすい。初心者で育てない者はいないとまで言わしめた、バランス型のキャラクターである。

なにより、本編ストーリーでは勇者一行の中で最年長。聖女を妹のようにかわいがり、勇者を兄のように励まし、導き、文字通り体を張って守る姿は、ザ・兄貴！　と泣いて拝みたくなる頼もしさだった。

にっかりと明るく笑う姿は、冷静沈着なウィリアムとも好対照で、この二人が並ぶだけでひゃっほう！　となっていたさ。あの二人は主従なんだけど、運命共同体というか、相棒というか、気安さの中にも主従としての形がある感じが素晴らしくてだな。この組み合わせは、どちらが右か論争が絶えませんでしたね。

っと話がそれた。だが、そんなアンソンは、いつもは快活な青い瞳(ひとみ)を曇らせて、ぎこちなく苦笑にゆがめた。

『仕方ないんだ、兄上は学会からも国からも追放されてしまったんだから』

早くも目頭が熱くなってきて、ぎゅっとクッションを握るが、まだ耐えられる。

　こそ、と隣にいる千草（ちくさ）へ補足した。

「ちなみに千草、その赤毛の騎士服の人がアンソンです」

「なるほど、例の御仁だな……だが主殿大丈夫か」

　千草のちょっと心配そうな顔は申し訳ないが、これでもましなんだ。

「だい、だいじょうぶです。三周目だからまだ冷静です」

　ぽかんとする千草に対して、淡々と映像を眺めているアルバートが言った。

「一周目は、俺すらそばに置きませんでしたからね」

「当たり前でしょう⁉　一周目なんて人様の前にさらせる顔なわけないじゃない！」

　ヲタクが推しの記録媒体見るときは大変なんだ。一周目は顔の良さしかわからないし、二周目は立ち振る舞いにときめくし、三周目になってようやく周辺の様子に目が行くようになる。

　何より記録媒体を眺めているときはたいていプライベート。そんな中で己を抑えられるわけがないんだ。むしろ抑える方が後で暴発して大変よろしくない。

　さらに、覚えてるストーリーと現実の違いに心が黄泉路（よみじ）へ直葬されたから、余計さらさないでよかった。

「それでも今回は、特にひどかったでしょうに」

「面目次第もありません……あ、でもこのあたりからもう違ったんだね。台詞（せりふ）としてはほぼ一緒だけど、アンソンの表情の印象が違う」

アルバートに対して神妙に頭を下げた私は、歩いて行く彼らを注視する。

今回、第二王子のウィリアムはついてきていない。ま、当然だな。原作でもここは別れて行動していたし。

ゲーム上では立ち絵の表情差分で動くだけだった。ただ、間の取り方で、アンソンは兄に会うのが気が進まない風に感じていた。

けど今のアンソンは顔に出さないようにはしているが、ひるんでいるというか怯えているような様子である。それでも職務の一環だからと耐えている雰囲気がする。

まあ、ここからですよね。

『だが、兄上は研究熱心な方だ、きっとこの現状を打開できる話を聞けるだろうさ』

『はい、そうですね！』

アンソンの言葉に、ユリアちゃんは明るい笑顔を返した。けど、リヒトくんはちょっと引っかかっているような顔をしている。

そんな間にも、アンソンは迷いを振り払うように、家の呼び鈴を鳴らした。

『兄上、俺だ。アンソンだ。開けてはくれないか』

カメラが寄ると、家の扉まで映る。

数拍の間の後、扉が開けられて姿を現したのは、アンソンよりも少し背が低い青年、フランシスだった。アンソンと面立ちはよく似ているが、体は華奢で見るからに研究職の魔法使いといった雰囲気だ。ストロベリーブロンドをうなじで無造作に括っていて、柔和な顔立ちに眼鏡をかけている。

ゲームでは、ほのぼの天然なお兄さんで、いっそすがすがしいくらいかみ合わない会話が楽しかったんだが。

けれども今映像に映っているフランシスは、アンソンを見ると一瞬硬直したけど、空色の瞳を険しくした。

『隣国にまで来るなんて……お前が僕に一体、何の用？』

その冷え切った声に、アンソンの表情が強ばる。私もひいと息を呑んだ。

しかし、アンソンは、ぎこちないながらも答える。

『久しぶりだな、兄上』

『そうだね、アンソン。僕が国から追い出されてから……四年ぶりくらいかな？　まだ、騎士なんて続けているんだね』

『俺は、国を守るために……』

『じゃあ、僕なんて放っておけばいいだろう。僕はもうあの国の人間じゃないんだから』

けだるそうに言い放たれた言葉は、こちらまで心臓が縮みそうなほどトゲに満ちていた。

それでも、アンソンは声を荒らげた。

『俺だって、兄上のことを放っておきたくはなかった！』

『お前は国を守る騎士だろう？　僕を守らないのは当たり前じゃないか』

兄であるフランシスの冷めた言葉を受けて、アンソンの顔がはっきりと泣きそうにゆがんだ。

あ、やっぱ無理だ。

鼻の奥がつんと痛む。ぎゅううとクッションを握りしめて、でもこらえきれない嗚咽を漏らした。

「うう……アンソン……そんな捨てられてあきらめた子犬みたいな顔してぇ。兄ちゃんがほんと好きなのにぃ……」

無理だ、私はアンソンがゲーム内とほとんど変わらないことを知っている。それだけに、彼が慕っている兄ちゃんにこんなこと言われて、心の中が悲しみと絶望にあふれているのが手に取るようにわかってしまう。

アンソンがうつむきうなだれると、フランシスはぐっと唇を引き結び、重いため息をついた。

ひっこれは効く。めちゃくちゃ効くよハートにダイレクトアタックだよ。

そこで見かねたのか、ユリアちゃんが割り込んできた。

『あ、あの初めまして。わたしはユリア、こっちはリヒトです。突然押しかけてごめんなさい』

『ユリアにリヒト……ああ聖女様と勇者か。やっぱりアンソンと行動を共にしてるんだね』

声をかけられたフランシスは、ユリアちゃんとリヒトくんに対して複雑そうな眼差しを向ける。

ユリアちゃんとリヒトくんが、ここぞとばかりに問いかけた。

『わたし達、フランシスさんが魔界の門と魔物について詳しいとアンソンさんに教えてもらいました。お話を聞かせて頂けないかと思って』

『魔物が暴走する理由って、なんですか』

ゲームストーリーでは、ここでフランシスはふんふんと頷く。そして、アンソンに会えたことや、研究者として頼られるのは嬉しいと家に招いてくれるのだが。

目の前のフランシスは、苛立ちにも似た冷めた顔で言うのだ。

『僕は忙しいんだ、君達に教えることは何もないよ。お帰り』

『そんなっ』

ユリアちゃんが愕然とした声を漏らす。

そちらまで断られると思わなかったんだろう、顔色を変えたアンソンはフランシスに詰め寄る。

『兄上、俺が嫌いならそれでいい。せめてこの二人の話を聞いてはくれないか』

『アンソン』

必死に説得しようとしたアンソンを、フランシスは固い声で呼ぶ。

このアングルからは見えないが、フランシスが冷め切った表情なのは目に浮かんだ。

『僕のことは、もう兄と呼ぶな』

ショックのあまりよろよろと後ずさったアンソンに、リヒトくんが寄り添う。

その様子に、フランシスは顔をしかめたが肩をすくめた。

『ほら、騎士様も聖女殿も勇者殿も忙しいんだろ？　今度街では祭りをやるみたいじゃないか。こんなところで暇をしているんなら、他国民でもサービスした方が有意義なんじゃない？』

これでは話を聞けないと悟ったんだろう。ユリアちゃんとリヒトくんは顔を見合わせると、フランシスに向けて頭を下げた。

『今日のところはこれで。しばらく街には滞在するつもりなので、また来ます』

『おじゃましました』

そこで耐えきれなくなった私は、ぱたりとソファに倒れ伏した。

うん、展開はわかってたんだから、多少は冷静だ。意識も飛ばないけれども。

「推しがつらい……」

心が痛い、とてもしんどい。

涙をこらえてクッションに突っ伏していると、そろそろとソファの座面が動くのを感じた。

「大丈夫でござろうか」

「なん、とか。そのための事前確認二回なので。ただ衝撃というのはやっぱりあるんです……」

「あのアンソンという者も、主殿の推しなのだな」

「あい……その通りです」

もそ、とクッションから顔を上げると、生ぬるい金の目と合う。困惑させるよな、すまない。

「で、こんな感じで険悪に別れちゃったんだけど。何でだと思う？」

ずび、と洟を啜りつつ聞いてみると、千草は申し訳なさそうながらもはっきりと言った。

「その、拙者にはこの関係がとても自然に思えるのだが」

う、そうなの？

ちょっとだけ衝撃を忘れて千草を見返すと、彼女はうさ耳をしんなりと伏せる。

「拙者にはかの者の前後関係はわからぬ。が、今までの話から察するに、フランシスとやらは無実の罪で国から追放されたのだろう？　なら多少擦れても仕方がないと思う」

「俺も同感です。アンソンは自業自得だ」

アルバートが部屋の照明をつけながら同意する。

「アンソンは騎士、国側の人間です。不可抗力とはいえ兄を庇わず、見捨てたのならこじれているのが当然でしょう。あなたが語るフランシスよりは、よほど自然です」

「まあ、そう、かもしれないんだけど。追放前のフランシスの印象は変わらなかったから、どうにも納得できないのよ」

フランシスはＮＰＣとしてのんびり朗らかな印象で、アンソンを嫌っていることは絶対なかった。それにあんなに偏屈で、気むずかしい人でもないはず。

アンソンだって、ゲームでは不器用ながらフランシスのことを慕っていた。なのに、今はゲームよりもぎくしゃくしているようである。

「俺のコネクトストーリーが思わぬ形で起きたように、ここも何らかの変化があったのでしょう」

「そうだねアルバート。とにかくここでアンソンとフランシスが喧嘩別れはよろしくないんだ。今後のストーリーにも、なにより私の精神衛生上も！」

元々仲が悪い設定だったら、おいしいともぐもぐできるさ。けれども、原作設定にない諍いは精神力を削るんだよ！

よいせ、と体を起こした私は続けた。

「もしかしたら、今のフランシスは本当にアンソンが嫌いなのかもしれない。けれど、それならそれで今後の対策を立てなきゃいけない。何か原因があるのなら探りたいのよ」

私は断腸の思いだけれども、それがリアルという名の公式だったら受け入れるよ。泣くけど。

決意も新たにクッションを抱きしめていると、そのとき千草がそっと手を上げた。

「すまない。拙者には考えもつかぬのだが、国がそれほどの大事であれば、勇者殿らに直接語るのは駄目なのだろうか。アルバート殿に聞いたが、勇者殿も聖女殿も主殿に好意的な様子。遠回りをせずとも密かに話せば良いと、考えてしまうのだが」

神妙な顔をして問いかけてくる彼女の意見はもっともだ。まどろっこしいことなんかせず、直接言えたら良いんだけどども。

私はちょっと申し訳ない気分になりながら、やんわりと答えた。

「私達が言っても説得力がないのよ。悪役なので」

「あ」

千草はようやく思い至ったらしく、金の目を見開いた。

忘れがちかもだけど、大前提なんですよ。アルバートが少々冷めた声ながらも説明してくれる。

「勇者と聖女、はおそらくエルア様の言葉を信じるだろう。だがそれ以外の人間にとっては、真偽が怪しい情報でしかない。俺達が示せる根拠は、エルア様の持つ予知の記憶のみだからな。エルア・ホワードという商人がなぜそれを知っているのか、そもそも彼女は誰なのか。そこを追及されれば、情報を渡すことはお互いに害悪にしかならない」

「なによりユリアちゃんとリヒトくんが、私のせいで周囲から疑われたら心が持たないよ。だから私達は、あくまで裏で暗躍して、彼らに根拠のある出会い方をしてもらわなきゃいけないの」

推しの足を引っ張るなんて万死です。

私が固い意志を込めて言い切ると、千草は若干引きつつも納得顔だ。

「な、なるほど。浅慮でござった」

「良いのよ。だって私とアルバートじゃ疑問に思わない部分に気づいてくれるもの。だからこれからもどんどん教えて」

私は無意識にゲームストーリーと現実を混同してしまうし、アルバートは多少冷静でも私の影響がある。こうして現実から見た疑問を出して、引き戻してくれる千草は貴重だ。

うちの使用人、割と「エルア様が言うことだし」ってすませちゃうからなぁ。

「まあそういうわけで、フランシスと共同戦線を張って語ってくれれば一挙解決なんだ。けど、まずはどうしてあそこまでこじれたのか、原因を探らなきゃ。じゃなくちゃ安心して水着イベントを楽しんでもらえないし、私も楽しめない！」

想いの丈のまま自分の膝を叩くと、びっくりしてる千草が、目を点にしていた。

「みずぎいべんと……？」

「ああ、そんなこともありましたね。フランシスが言っていたのもそれですか」

アルバートはなるほどと納得したものの、少し残念な子を見るような目をされた。

ううう、だって、楽しみにしていたんだ。水着イベント……豊穣の海神祭りでみんながはっちゃけるんだよ。輝く海辺、ひらめく水着！　さらに出現する魔物！

「い、いちおう、彼らの戦力アップになるから。参加して欲しいんだよ。これからの相手はもっと強くなるから」

言い訳しつつも私は決意を新たにする。だからこそ、アンソンとフランシスには自然な流れで、仲良くなってもらわなきゃいけないのである。

フランシスは本編でも、長く登場するキャラだ。その場しのぎだと破綻は目に見えている。何より、アンソンとフランシスのほのぼのとしたやりとりは見たい。それが無理でも、しょんぼりとしたアンソンには元気になってもらいたい。

すると、あごに指を当てていたアルバートが言った。

「フランシスはあの家に引きこもっているようです。まずはアンソンから、原因を探るのが順当でしょう」

あれ、と思って私は顔を上げる。

「あなたなら、フランシスに暗示をかけて、アンソンと和解させることくらい提案すると思ってた」

「フランシスは研究者ですが、それなりに魔法を使うでしょう。情報が抜けたとしても本人が気づく可能性も高いですし、暗示もほどけやすい。奥の手に取っておきたいです」

「まあ、そうだけど。でもそれってアンソンも一緒じゃない?」

なにせアンソンは騎士中の騎士、と呼ばれた人だ。ゲームでのスペックも、ここでの評価を見てもまったく隙がない。

千草もしみじみと語る。

「うむ、あの足運びと、視線の配り方は相当な手練れであろう。手合わせをすれば、なかなかに楽しそうだ」

「そうなんだよ、アンソンはウィリアムに対する暗殺や襲撃で鍛え上げられたからか、直感力と魔法の抵抗力がずば抜けているの。生身で魔法を使っていることを見抜いてくるから、暗示はまず効かないわ」

説明しつつ私は、まだユリアちゃんとリヒトくんを間近で見守っていた時のことを思い出した。

「私がユリアちゃんとリヒトくんを影で覗いていたら、絶対に感づいているそぶりをみせてねえ……。正体まではばれなかったはずだけど、毎度毎度疑いの目を向けられてぞくぞくしたもんだわ」

「アンソンが鋭い方というのは同意します。それにしてもあなた限定で、さらに研ぎ澄まされていたとは思いますよ」

「いやでも私悪役だし、警戒するのは当然じゃない？」

アルバートに言われて、私は首をかしげる。そりゃあ怪しい行動している私も悪いし。

「あなたが本格的に悪だと認知される前から、アンソンはあなたに敵意を持っていましたよ」

「……そうだった？」

その辺はいまいちわからないなあ。アンソンの行動は私にとっては自然に思えたけども。

いやでもわりと突っかかってこられたか？

首をひねっていたが、アルバートは話を引っ張る気はないようだ。すぐに本題に戻る。

「とはいえ、暗示や魔法のたぐいを効かせられないとなると、自力での変装になりますね」

「うん。ちょうど良いことに、アンソンはユリアちゃん達に連れられて、水着イベに！　参加！

してくれるし！　いくらでも接触の機会は作れるわ」

全員で当たれば、誰かしら情報を引き出せると思うのよね。

もともと水着イベは間近で見ようと、ホテルやら飲食施設やらに出資している。私が潜り込める場所はいくらでもあった。

うふふふと含み笑いを漏らしていたのだが、アルバートにぐっと眉を寄せられた。

「今の会話を忘れたんですか。今回あなたは、絶対にアンソンの前には出しませんよ。あなたの変装は実用に足りますが、アンソン相手だと確実に見抜かれます」

「え、そんなに？」

「ええ。それに、アンソンに『エルディア』だとわかれば、どのような場所でも彼はあなたを殺そうとします。それくらいあなたを蛇蝎のごとく嫌っているんです。余計なリスクを背負わないでください」

さすがにそこまで言われれば、私は引き下がるしかない。だってアルバートは潜入、諜報、暗殺のプロだ。達人とも表して良い。変装術にお墨付きを貰えたとしても、彼にばれると言われるのなら駄目である。

さらにアルバートは、無情に続けた。

「うちの者でも、あの男を欺くのは難しいでしょう。ぼろが出る」

「えっ待って、それならどうしたって接触できないのでは？　アルバートだってアンソンには顔がばれてなくても、リヒトくんとユリアちゃんには顔ばれしてるでしょ？」

アルバートは敵に素顔を晒すつもりはないと、外出時……特にウィリアム達の前では髪色と顔立ちを変えていた。だが追放直後の一夜で、リヒトくんとユリアちゃんに素顔を見られている。接触するのはアンソンだ。しかしリヒトくん達といつ遭遇するかわからない以上、アルバートが素顔のまま任務遂行するとは思えなかった。

これは無理なのでは？　私は軽く絶望していたのだが、アルバートは心外だとでも言わんばかりにく、と口角を上げた。

「俺が顔がばれている程度で、何もできないと？」

いっそ高慢なまでに自信に満ちた表情に、ひっと息を詰めた。

「お、思いませんとも!?」

「必要な情報を把握しているので、手間も省けるでしょう。俺がアンソンに接触します」

アルバートがそう言うんだったら大丈夫かな！　裏仕事なら何でもござれだもんな、超頼もしい。

それにしてもかっこいいな？　いや元からだ。

うっとりとしかけた私だったけれども、いけない話を進めなくては。

「フランシスは本来、ちょっと浮き世離れした天才肌の人だわ。よほどのことがない限り、あれだけかたくなにならないはず。だから原因はアンソンにあるとは思うのよ。できれば聞き取っている間のアンソンの反応ごと見たいけど……」

「それはあきらめてください。あなたができる範囲で尾行すれば気づかれます」

だよねえ、アンソンは聡いもん。千草には劣るけど先手をとれるし、真っ先に回避するし。

「でも、不測の事態にアルバートをサポートできないのも困るな。アンソンの偵察範囲の外から、捕捉できたら良いんだけど」

「雑踏の中でなら、あなたの影での盗聴がばれる可能性は低い。ですが、あなたが極限まで集中していること前提です。さすがに俺も、彼を相手する間は余分な動きはできませんよ」

「わかってる、あなたに負担をかける気はない。私もアンソン相手なら、できる限り固定された位置で操らなきゃ無理よ。うーん、魔法を使わずにアンソンを尾行できる方法かー」

そんな都合の良い方法あるか、って話だよ……な？　思案していた私は、もくもくとおやつを食べている千草に目が行った。

「あ」

「うむ？」

要は私が準備を整えるまで、魔法を使わない方法で追跡できれば良いのだ。

すべては無事に水着イベを迎え、アンソンとフランシスに仲良くなってもらうために！

私はきょとんとする千草に対し、にんまりと笑ったのだった。

第二章　得意分野は任せます！

さてここはイストワ国、リソデアグアの歓楽街だ。

現在、水着イベ……こほん、この土地で開催される「豊穣の海神祭り」を目当てに、国内外から多くの観光客が流入している。

カジノエリアはもちろん、酒場や飲食店が並ぶ。ついでに言うと夜のお姉さんがいるお店の前は、夜になっても、いやなったからこそ賑やかに人が行き交っていた。

そんな歓楽街の大通りから一歩離れた路地の一つに、私は千草と共にいた。

千草はこういう場所でも目立たないような、観光客っぽい男物の洋装をしている。耳は隠していないけれど、祭りの時期で十和以外の獣人も多くいるから注目は浴びない。そのあたりは事前に、街を一周して確認している。

そんな千草は、さっきから私をちらちら見ていた。いやそれは馬車でここにたどり着くまでずっとなんだけど。

「やっぱり気になる？」

私が話しかけると、千草はあからさまにほっとした顔をする。

「ああ、声を聞けば主殿だな。いや外見では全くわからない」

「ふふふ、この町でエルア・ホワードの顔は知れ渡っちゃってるからね。ちょっと気合いを入れて変装してるの。千草でもわからないのなら成功だわ」

「うむ、街の案内をしてくれる男子にしか見えん」

そう、今の私は平民の男の子の服装をしていた。髪もうちの使用人が作ってくれた、明るい髪色の短髪のカツラをかぶり、ちょっと着古したシャツにズボンだ。

顔も化粧で印象が変わるようにしている。街には煌々(こうこう)と魔法の街灯があるけれど、夜はそれでも暗いものだ。目の前でまじまじと見なければ、化粧だなんてわからないだろう。

ここに来るまでも、途中で見回り中のオルディ一家の幹部、サウルくんとすれちがった。

けれども、目にとめたのは千草だけだったもんね！　思わずむふむふしちゃったもんだ。私の変装術はアルバート直伝だとはいえ、準備したのは私だから。

さて。なぜ私達が夜の歓楽街なんかに繰り出しているかといいますと、例の「アンソンから事情聴取」作戦を実行するためだった。

「アンソンは、フランシスに言われて律儀にお祭りに出るつもりだから、この近くに滞在しているの。ひどく落ちこんだ様子でウィリアムに息抜きしてこい、って外に出されていることまで、ホテルに潜入させた子から報告があったわ。たぶん今夜も来るはずよ」

だって何の策もなく、毎日のようにフランシスを説得しに行っていたんだもの。馬で片道三時間はかかる道のりを毎日だぞ。止めるだろうさすがに。

アンソンはウィリアムの言うことなら聞く。止めきれないと悟ったリヒトくん達に、相談されたウィリアムが乗り出す騒ぎになったくらいだ。

まあ主君にたしなめられて、ますます意気消沈しているんだけどもそれはおいといて。

ふむふむ、と頷いた千草のうさ耳がひくりと動いた。

「むむ、アルバート殿からの合図だ。仕掛けるようだぞ」

む、まじか。アルバートには、あらかじめ千草にしか聞こえない音域の笛を渡し合図にしていた。千草が反応したということは、鳴っていたんだろう。私には全然わからなかった。

慌てて目をつぶると、私も周囲にひっつけておいた影で、アンソンの姿を見つける。

「私も確認した」

この雑踏なら、ぎりぎり気づかれない領域で操れる。そんな影の一つから、繁華街の道の端からアンソンが歩いてくるのが見えた。

騎士服ではなく普通の平民服だけれども、愛剣であるイシュバーンを携えている。顔は知らない人でもわかるくらい沈んでいるのに、そんなところが職務に律儀だ。

うむ、しゅんとしているゴールデンレトリーバーみたいに愛嬌があるのが大変美味しい。と思うのは、もはや反射ですごめんなさい。

私が若干反省している中で、アンソンが歩く方向から騒がしい声が響く。

『おいおいそれはねえじゃないかい、姉ちゃんよう！』

『良いじゃねえか、楽しく遊んでくれって言っているだけなんだからなぁ！』

『ほれ良いことしようぜぇ？』

複数の男が、ばたばたと誰かを追いかけている。酒でも入って気が大きくなっているんだろう。雑踏の人間をかき分けながら、獲物を追うようにその人を追い立てていた。

ひらり、と薄い衣が舞う。

『誰(だれ)があなた達と一緒に行くものですか！』

そう叫び返したのは、黒髪の女性だった。

息を切らしながらも勝ち気に言い返しているが、紫の目にはこらえきれない怯(おび)えが浮かんでいる。

露出は少ないものの、婀娜(あだ)っぽいドレスのスカートが足に絡み、相当走っているのか結い上げた黒髪は崩れていた。けれどそれが艶(つや)になっていて、男達がますます愉快げな顔になる。

体の線が見える薄いドレスは、彼女の魅力的な肢体をはっきりと知らしめていた。

足の運びも、スカートの裾(すそ)を気にする仕草も、怯える表情まで、それは路上で商売する女性といった雰囲気だ。客引きの最中に悪質な酔客に絡まれて、逃げている最中というところだろう。

だが、私にはわかる。それは、女性に変化したアルバートだと。

先に見ていたはずなのに、私の呼吸は止まりかけ、膝(ひざ)から崩れ落ちるのを千草に支えられた。

「主殿お気を確かに！　あと長文は駄目にござるさすがにばれよう！」

「だ、大丈夫、ぴーくーる。ぴーくーる。生きてるわ。先に屋敷で吐き散らかしてきたからだいじょうぶよ。だけど目の前に二次設定が飛び出てきた衝撃は、すぐには慣れないの！」

「そ、そうか」

千草に大変残念な子を見る目をされている気がするが、仕方がない。

ゲームの設定にはこう書いてあった。「吸血鬼は肉体を変幻自在に変えて餌に近づく。ゆえにアルバートは、肉体すらも変えて対象者へと接触する」と。

そう、現在アルバートは吸血鬼の能力で肉体から女性になっているのだ。

アンソンなら、足の運び方や重心で女性か男性かくらい見抜いてしまう。ならば骨格から女性にしてしまえば良いのだ、となった結果がこのアルバートである。

屋敷で試した時に、私は冗談じゃなく息の根が止まった。

まさか設定オンリーだったやつが間近で拝めるとは思わないでしょう……？　ほいほい性別が変わるなんて、よほどのことがない限り二次創作だけなんだよ。

話はそれまくったけれども。つまり今、アルバートは女性としてアンソンへ接触しようと試みているのだった。

ただこれだけは言いたい。アルバートや、そんな美人が居るか！

派手めの化粧と暗がりで美人度は低くなっているが、それでもかなりのイイ女感がある。

けれどすれ違う人々も、巻き込まれたくないと思うのか、迷惑そうにしつつ知らんぷりだ。

誰も彼女を助けようともしない。うわあああくそおお！　私だったら何をしてでも助けに行くのにいいいい！　ハンカチをギリィッと噛(か)み締(し)めたい気分だったが、これが計画なので。

予定だと、アルバートはこのまま進行方向に居るアンソンと目が合ったとたん、ぶつかって助けを求める。騎士道精神の塊であるアンソンは、断ることもできずに助ける。という出会いだ。

ちょっと女性に辛辣(しんらつ)になりがちだが、さすがにぶつかられればアンソンも無視できないだろう。

ベタだけど、こういう接触の仕方は王道なくらいでちょうど良い。

そんなわけで、アルバートの暗示にかかった酔客の人、めっちゃごめんなさい盛大に悪役してくれよ！

予定通り、アルバートが後ろを気にしながらも前を向いた瞬間、アンソンの視界に入る。

さあ、目と目が合った瞬間物語が……て、あれ？

アンソンはアルバートがぶつかる前に、彼女の腕を強く引くとそのまま背にかばったのだ。

一連の動作は華麗な上ごく自然で、私はキラキラエフェクトすら見えた気がするが、我に返る。

え、え、なんで！　ほわい⁉

頭は疑問符でいっぱいだけど、これはこれでちゃんと出会ったんだから良いのか？

想定外だったろうに、アルバートはさすがなもので、驚いた顔をしながらわずかに抵抗しようとする。が、アンソンは彼女にささやいた。

『委細は知らないが、悪いようにはしない。守られてなさい』

うっっっわ。私は思わず口元に手を当てた。なんだよこの当然のごとく守ろうとする姿勢。さすが騎士の中の騎士！　そんなんおとなしくなるしかないじゃないかー！

私がきゅんきゅん来ている間に、酔った男A、B、Cが追いついてくる。

道行く人は巻き込まれるのを恐れて、彼らから離れたために空間ができた。完全に逃げていかないのは野次馬根性だろう。

『おうおうスカした野郎だなぁ。女守って騎士気取りかあぁ⁉』

『はっ、あんな女かばったところで、騎士になんかなれるかよ！』

ぎゃはは！　と笑う酔った男達に、アンソンはわずかに眉をひそめたものの、淡々と言い返した。

『あいにくと本職なんだが。それ以前に追われている女性を助けないのは、俺の主義に反する』

『はっ、たいそうな志だなぁ⁉』

『その女が俺の仲間を殴り飛ばしたんだ。詫びをしてもらわなきゃならねえんだよ！』

『……ご婦人、それは本当か』

アンソンが静かな声音で訊ねると、背後のアルバートは気丈に言い放った。

『私は複数の客は取らないって言ったのに、あいつらが無理矢理部屋に連れ込もうとしたのっ』

『そうか、ならば俺の立ち位置はこのままだな』

頷いたアンソンは、男達に向き直る。

『去れ。これ以上ご婦人に無体を働くなら、俺にも考えがある』

『あん？　その腰の立派なものを抜きでもするか？』

『……いや？　祭りの前夜だ、血を流すような行いは野暮だろう』

酔った男Bの煽りに対して、アンソンは口角を上げると、指の関節をばきりと鳴らした。

『剣など抜くまでもない。拳で十分だ』

にいっと笑うアンソンはそりゃあもう、悪童のようにいたずらっぽく輝いていた。

まあ、一線で活躍しているアンソンに、ゴロツキがかなうわけがない。彼がちょっと撫でただけ

で、彼らは腕や腹を押さえながら逃げていった。

　剣も抜かず、汗一つ掻かずに終わらせたアンソンは野次馬の拍手に応える。そして少し乱れた身なりを整えると、背後で硬直しているアルバートを振り返った。

『ご婦人、怪我はないだろうか』

『……ええ、ありがとう。本当に騎士様だったのね』

　アルバート扮する女性は、強ばっていた表情をようやく緩める。そして、好奇心をにじませてにっこり微笑んだ。

『ねえ、あなたここらじゃ見ない顔だし、観光客でしょ。助けてもらったお礼をさせてくれない？　近くに良い店、知っているのよ』

『あ、いや。俺は……』

『あなた堅物そうだし。どうせ、仲間にたまにはハメを外してこいって言われたんじゃないの？』

　その通りであるアンソンは、ぐっと黙り込んだ。楽しげに笑ったアルバートは、玄人の女性のように、ごく自然にするっとアンソンの片腕に自分の腕を絡める。

　ふおお、胸が当たるか当たらないかのぎりぎりを攻めてるぞ⁉　女として迫るわけじゃなく恩人としてもてなすが、好意がないわけじゃないという意思表示だぁ！

『私が店と結託してぼったくるって警戒してるんなら、あなたが好きな店を選べば良いわ』

『いや、そんなことは考えていないが』

『きまりね、じゃあ行きましょ』

甘えを含んだ声でささやくと、アンソンは断るのもどうかと思ったのだろう。あきらめの息をつく。

アルバートはアンソンと共に、そのまま夜の雑踏に消えていった。

私は慎重に影を回収した後、傍らにいる千草を見上げた。

目を閉じて、長いうさ耳をピンと立たせていた彼女は、すぐに目を開いた。

「うむ、アルバート殿がわかりやすいよう声を発しておるゆえ、問題なく追えるでござるよ」

「ありがとう千草。じゃあそのまま二人が入った酒場の裏に行こう。距離を保つことは忘れずに」

今回はサポートも最少人数での作戦だから、一度見失うとかなり困るんだよね。

にしてもアルバートの女子力がやばかったなぁと考えていると、千草がなんとなく複雑そうな顔をしていた。

「どうしたの？」

「その、だな。拙者、女としての意識は、かなり低い方だと自覚しているのだが。アルバート殿の、非の打ち所のない女性ぶりを見ているとこう……。女として申し訳ない気分になり申す」

「……それは言わない約束で」

だってアルバート、やるからには徹底的にがモットーの努力の鬼だからな。妥協なんて一切しないし、何よりあの顔だろ？　そりゃあもう本気出したら、相手を惚れさせる勢いでイイ女するだろう。私知ってるんだ、二次でいっぱい見た。

「今回のコンセプトが、『中級ぐらいの親しみやすい夜のお姉さん』だから、まだ気楽に話せるけども。高級娼婦（しょうふ）とか貴族のご婦人とかやったらまじめにやばいと思う。私が男だったら……いや男じゃなくても絶対通い詰めるし、城が傾くわ」

「そのお気持ちはなんとなく察する。が、もしかような機会があろうとも、身を持ち崩さないでくだされよ⁉」

千草が慌てだしたけど、問題ないわ。私はきりっと表情を引き締めて言った。

「大丈夫よ、だって商会を傾けたらアルバートに貢げないじゃない。ぎりっぎりまで絞り出して稼いで、稼いだぶんでまた貢いだ方が長く愛（め）でられるでしょ？」

「さ、さようか……」

ＯＬ時代、私の仕事のモチベーションってそれだったからな。

仕事が嫌いなわけじゃなかったけれど、やっぱ推しを愛でる方が楽しかったわけだし。お給料握って、どの推しグッズを買うか選ぶ瞬間は充実していた。

顔を引きつらせた千草は、ぷるぷると頭を振ると早口で言った。

「そ、そろそろアルバート殿を追うか」

「はあい、案内よろしく！」

私は千草の案内で雑踏を歩きつつ、内心首をかしげていた。

にしてもアルバート、なんであんなタイプの女の子にしたんだろうな。

アンソンの好みって、そこそこ正統派なイメージがあったんだ。アルバートなら、素直でかわいい系の女の子や、おとなしめの女の子だってできる。庇護（ひご）欲をかき立てた方が、警戒心を持たれないんじゃないかなあと思うんだけど。

何よりアンソンってエルディアには割と辛辣だった。あからさまに色香を漂わせる系の子には少々、苦手意識があるんじゃないかなと思うんだ。いやアルバートに限って、こういう部分で見誤らないはず。

まあでも大事なのは、これから得られる情報だ。私は疑問をひとまず置いといて、千草（ちくさ）が悠々と雑踏を縫うように歩いて行く後ろを付いていった。

千草の耳はめちゃくちゃ高性能だった。アンソンに気づかれた様子もなく、二人が入った酒場にたどり着く。けれど店内には行かず、その裏口近くの暗がりに陣取った。

千草は周囲を警戒しつつ、私に問いかけてくる。

「壁を何枚も挟んでおるが、大丈夫でござろうか」

「大丈夫。意外と影があるし、会話が聞き取れて見える位置につなげられればこっちのものよ」

「さようか。では拙者は主（あるじ）殿の守りをしよう」

「頼むわ」

影を操るのに集中すると、どうしても無防備になるからさ。

千草が腰の刀に手をかける中、私はしゃがみ込むと慎重に慎重を重ねて影を伸ばす。

ぶっちゃけ言うと、仮面舞踏会のユリアちゃんの反応が若干トラウマになってはいるのだ。

闇魔法の盗聴って消費魔力も少ないし、その場にある影に紛れ込ませるものだから、気づくほうが難しいのに。

とはいえ、私は別の意味でも胸がどきどきしている。なぜならばこれはヲタクならば一度は夢見ただろう「推しの居る空間の床になる」だからだ！

私という存在を限りなく無にして、ただ推しと推しが会話する空間を味わうことができる。

よし、モチベがめちゃくちゃ上がってきたぞ。

裏口から厨房を通り、魔法の気配を感じさせないように周囲に溶け込ませ、さらに慎重を期して彼らの卓ではなくその近くの卓の影につなげた。

するとアンソンがじぃとアルバートの顔を見ている場面に出くわし、ぴゃっとなる。

こっちの声は伝わらないとはいえ、声が出かけた。な、なんだなんだ顔のいい男と女が見つめ合っているなんて心臓に悪い。

『あなたは魔法を使っているのか？　気配がする』

とたん、ひぃと息を呑む羽目になった。自分が対面しているわけじゃないのに、心臓がばっくんばっくん鳴っている。

おいアンソン聡すぎるだろ。吸血鬼の変化は魔法ではないけれども、ごく微量の魔力の気配はなくならない。そのかすかな気配を感じ取るなんて、どういう感覚をしてるんだ。

アルバートはど、どう切り抜けるんだ？　私はもはや実況者の気分である。

どきどきそわそわしてると、今は彼女なアルバートは少々不機嫌そうな上目遣いになる。

『あら、女の化粧魔法を感づくなんて嫌な男ね。そういうのは見なかったふりをするものよ』

『あ、ああ。なるほど。それはすまない。そういった部分には疎くてな』

顔を赤らめたアンソンが、すぐに引き下がった。

うまいぞアルバート！　こういう場所で商売しているんなら、絶対使っている化粧魔法！　肌を白くしたり目をぱっちりみせたり、そばかすを目立たなくさせたりできるから、乙女ならばたしなみとして勉強するのだ。

確かに今の私も、化粧魔法で顔立ちを角張らせて、男の子に見えるようにしてるもん！　しかもアンソンがこれ以上追及できないように釘（くぎ）を刺したー！　これが達人の技か。やばい、アルバートの技術がすごいことは知っていたけど、改めて感動してしまう。

アンソンは、気まずさをごまかすようにお酒を呷（あお）る。そんな彼を、微笑（ほほえ）ましげに見ていたアルバートが話しかけた。

『ふうん？　そんなに苦い顔をするってことは、似たようなことを言って女に振られたかしら？』

からかい混じりの声音と共に、覗（のぞ）き込むように見つめられたアンソンは、じんわりと頬を朱に染めて顔を背ける。

『いや女性に振られたわけではなく、兄と……』

そこではっと言葉を止めたけど、逃がすアルバートじゃない。

『へえ、お兄さんとの喧嘩（けんか）ねえ』

『……からかうのならこの話はここまでだ』

『からかわないわよ、いいじゃない。身内と喧嘩できるほど仲が良いってことでしょう。……私にはもう居ないもの』

柔らかく、けれどどこか寂しさをにじませる声音に、私は息を呑む。

かつては大事な家族が居て、今は一人きりで、体を張って生きている女性を幻視した。アルバート場末の娼婦じゃないのにやべえ、役者すぎる。疑う余地がないじゃんかぁ……。

正体を知っているはずの私ですら、そんな風に感じてしまったのだ。アンソンは、たいそう罪悪感を覚えた顔になる。

『その、すま……』

『すまなかった、なんて言わないでよ。もう終わったことなの。……でも、罪悪感を覚えるんなら、私に話してみてよ。そのお兄さんのこと』

面食らうアンソンに、アルバートは艶やかに塗られた唇を弓なりにする。

『あなた、仲が良ければ良いほど本音を打ち明けられないでしょう。それなら、たまたま助けた女にこぼすくらいがちょうど良いんじゃない？』

『そん、な。ことは、ないと思うのだが』

『図星って顔してる』

『……』

うわあああ、たらしが！　たらしがここにいるぞお！

背景はすでに知っているはずなのに、ごく自然に本題に切り込む技、やばすぎる。

これが相手の懐に潜り込んで、警戒心すらもたせずに暗殺を成し遂げる一流の技ですか。すごすぎるよ。あのアンソンが恨めしそうにしながらも、ぐらぐらと揺れているのがよくわかるんだから。

そこにアルバートが、ダメ押しのように瞳(ひとみ)を優しく緩めて言うのだ。

『あなたはたまたま、酒に飲まれてこぼす、そして私が偶然聞いてた。それだけよ』

『……あなたはきっと客を虜(とりこ)にしているのだろうな』

そうですともアンソン！　私を虜にする魔性の男ですとも‼　おいでませアルバート沼へ！

はっだめだ。私は床、私は床……。

私が気持ちを鎮めている間に、酒をおかわりしたアンソンは懐かしむように目を細めた。

『昔はな、仲が良い兄弟だったんだ。長兄が家督を継ぐことが決まっていたから、三男の俺は半ば厄介者で、両親にも放置され気味だった。そこを次男である兄上が世話を焼いてくれたんだ』

アンソンは、ゲームで描写されていた通りのことを、だけど少しだけ詳しく語り始めた。

私にとってはゲームで知っていた話だ。けれど確かにその時を過ごし、笑い合った日々を感じさせた。本当に兄が好きなのだな、とわかる優しい表情を目の当たりにするだけで、印象はより強く心に残る。

ああ、そうだよ。ゲームでシナリオを読んでいた時、まさにそんな表情だろうと思っていたんだ。

見かねた千草が、手ぬぐいを差し出してくる。

「主殿、大丈夫か」

「だい、だいじょばない」

私は素直に言いつつも、ありがたく手ぬぐいを借り、涙をぬぐってもう一回集中する。

アンソンも声こそ張り上げないが、リラックスしているのがよくわかる上機嫌さで続けた。

『俺にとって兄上は親の代わりも同然だった。まあ悪夢を見たときには布団に潜り込みに来た、と兄にからかわれるのは少々気恥ずかしかったものだが……こほん。忘れてくれ』

ＨＡ⁉　ショタアンソンが兄ちゃんに甘えて一緒に寝てた⁉　そんな二次の具現化エピソード忘れるわけがないだろう⁉　しかも頬杖(ほおづえ)をついて聞いていたアルバートは、クスクス笑いながらも慈愛に満ちた笑みでアンソンを見つめてるし！

かーこの千両役者っ！　おひねり投げたい！

『本当に好きなのね、お兄さんのこと』

『ああ、とても優秀で尊敬できる兄だ。今の主君に出会う前は、あの人がずっと研究ができるように国を守りたいと思って騎士になった。……そうだ、思って、いたのだ』

そう語ったアンソンの表情が曇る。

『振り返れば、俺が騎士を志してからぎこちなくなったのだろうな。兄上は、俺が騎士になることに反対した』

私は涙も引っ込むほどびっくりした。なぜならゲームでのフランシスは、アンソンが騎士になるのを応援していた、と描写されていたんだ。ここからすでに違ったのか。

これはもしや、フランシスのほうに異変があったんだろうか。でも何の？

私が首をひねっている間に、会話は続く。

『俺には兄のような頭の良さはないが、体を動かすことは得意だったんだ。三男の俺が身を立てるためには順当な道だったはずなんだが、兄上は「自分の助手をすれば良い」と引き留めた。俺には魔法の理論はわからんと何度も言ったんだが』

ため息をつくアンソンですがね。あなた、普通の魔法研究者が頭かきむしって理解できないと叫ぶ、驚異の防御魔法やら貫通攻撃やらを繰り出すんだよ。

勘で使ってるって説明入ってたけどそんな勘があるか！！！　って総突っ込みされていた。

まあそれは置いておこう。

そこから、アンソンの表情はどんどん苦悩にまみれていった。

『俺が騎士科で良い成績をとっても、顔を曇らせるばかりだった。もちろん己のための研鑽だから努力は怠らなかったが。家に帰るたびに、兄との会話がぎこちなくなって行くのはつらかったな。俺と話すときも、ためらいがちになるしため息が多くなっていた。自分が何かしてしまったのなら謝りたかったが、兄は「お前のせいじゃないよ」としか応えてくれない』

慕っている兄に避けられる弟……つっらい。と私は涙をこらえていたのだが、途中で頭の隅に引っかかって、うん？　となった。

なんか、聞き覚えのある反応のような？

アンソンは悔恨を滲ませながらも、寂しげに語る。

『子供のようだが、俺は兄によくやったと褒めて欲しかったのだろうな。それでも望みがあると思えたのは、騎士学校の開放日やトーナメント戦には必ず来てくれたことだ。あれは嬉しかった。不思議と俺は遭遇しなかったが、ウィ……友人はよく俺の様子を聞かれた、と話してくれてね。まだ希望があるのだと思った。だがある日のトーナメント戦で、観客席の兄を偶然見つけて後悔した』

『何があったの』

『表情が強ばっていたんだ。まるで激情をこらえるみたいに。しかも俺と目が合うと、すぐに走り去ってしまった』

アンソンは苦しそうに息を吐いて、くしゃりと、自分の赤い髪をかき混ぜた。

『いつの間にか、嫌われていたのだなと思い知ったよ』

苦い笑みは自嘲に満ちていて、どれだけ彼が衝撃を受けて嘆いたのかよくわかる。胃がきゅうっとなったんだけども。

私はだらだらと冷や汗が止まらないほど、混乱の極みにあった。

その反応の仕方に、心当たりがめちゃくちゃありすぎた。

毎回顔を合わせるたびにため息がこぼれて？　会話がおぼつかなくて？　それが「お前のせいじゃないよ」って言ったたって。

……それ、我らヲタクが推しの尊みをこらえる典型的な反応では？？？

ヲタクが推しの前で情緒を崩すのは仕方のないことだ。生きてるだけで幸せなのに、目の前に居て会話なんてされたら、息が止まるし話なんて吹っ飛ぶよ。失礼なことをしゃべらないように、言葉少なになってしまう。取り繕うとしても一番ましなのが仏頂面、なんてことはよくある。

ついでに言うんなら、トーナメント戦は一騎打ちの決闘試合のこと、つまり騎士を志す人間の晴れ舞台だ。嫌いな弟の晴れ舞台を、わざわざ見に行くなんておかしい。

そんなかっこいい推しが見られるに決まっている場所で、アンソンを目撃したフランシスが顔を強ばらせて走り去った。それも、供給過多で無様に崩れ落ちる様を晒(さら)さないように自衛した、と考えればつじつまは合う。大嫌いなのだと言われるよりはよっぽど。

あれ、うそ、まじ？　え？　いやまさか気のせいだろう。

私は自分の荒唐無稽(こうとうむけい)な推論を振り払おうとした。けれど、うつむくアンソンの見えないところで、アルバートのめちゃくちゃしょっぱい表情を見つけてしまう。

その冷めながらもあきらめに似た目は、今の私と同じ感想になったと知らせていた。

まじか……フランシス兄ちゃん、もしかしてアンソンのことものすごく好きなのでは。

私が衝撃に絶句していると、心を落ち着けたらしいアンソンが、少し気恥ずかしげにする。

『すまない。子供じみた話を聞かせた』

『……いいのよ、聞きたがったのは私だもの。あなたが本当に、お兄さんのことが大好きなのが伝わってきたわ』

目が合う前にまた顔を取り繕ったアルバートは、柔らかく笑んでみせる。

アンソンはかっと、お酒だけじゃなく、顔を朱に染めた。はーかわいい。癒やされた。

『ま、まあ。兄上は少々人としては取っつきづらいかもしれないが、魔法に関しては右に出る者が居ないと思う。俺はあの人ができなかったこと、わからなかったことを知らない。魔法に関する真摯(しんし)な姿勢も尊敬できるんだ。……追放されるような研究をしていたとは、到底思えんくらいに』

『何か言ったかしら』

『いいや。だが、ありがとう。どこか心が軽くなった』

上手に聞こえなかったふりをしたアルバートが、細い指を自分のあごに当てて考える。

『あなたには本当に心当たりがないのよね。まあ知らない間に嫌われているというのは、それなりにあるけれど。不思議な話よねえ。会わないうちに悪化するなんて』

『疎遠になってからは、手紙も月に一度だけ、当たり障りのない内容にしていたんだが。……そのせいで、兄の窮地に駆けつけられなかったのは今でも後悔している』

ああ、フランシスが濡れ衣を着せられて王都から追放された時のことか。

あの時アンソンは、ちょうど正式にウィリアム付きの騎士になったばかりで身辺が忙しかった。なによりフランシスが当時、関わっていた研究自体が非公表だ。そもそもアンソンはフランシスが追放された、本当の理由を知らない。

にしても、この推論が正しければアンソンがめちゃくちゃかわいそうだな。

兄ちゃんに嫌われていると思い込んだあげく、助けられなかった無念を抱えているんだから。

ずびっと鼻を鳴らしつつ、私は考える。

ともかくアンソンじゃなくて、フランシスに何かがあった可能性が高くなったな。確かにゲーム上の彼は、アンソンのことをかわいがっていた。だが、ヲタクな反応を示していたのは二次創作だけだ。そう、二次にはありとあらゆる幻覚がある。

だがいわばこれは公式。何らかの要因があるはずだ。

まあ、これでアンソンからわかるだろう情報は抜けた。とりあえず撤収かな。

と私が考えていた矢先、アルバートが動いた。

アンソンをじっと見つめて、ほんの少し身を乗り出す。

『慰めてあげようか？』

「……は？」

思わず声が漏れた。

アンソンもぽかんとしていたけれど、アルバートは意味深に笑みながら、テーブルの上に置かれている彼の手に自分の華奢な手を添える。

『悲しいんでしょう？　思い詰めていると、悪いことばかり考えちゃうもの。なら一時的にでも忘れちゃう方が精神安定にも良いと思うわ』

「ごふっ」

私は現実でむせた。なにをおっしゃっているんですあるばーとさん？？？

今彼が何を考えているかわからなくて、私はまじめに混乱した。どうしたのか意図を読み取ろうとするが、女版アルバートのあまりにも色気ダダ漏れの誘惑に脳が処理落ちする。

「あ、主殿なにがあったお気を確かに⁉」

どこかで、千草の声が聞こえた気がしたが、それよりも影の向こうで展開される男女の駆け引きwith女アルバートに釘付けだった。

アンソンは乗せられた手に目を奪われ、だがすぐに無邪気だった表情を少し険しくし、低く問いかける。

『……あなたは。自分が何を言っているのかわかっているのか』

『こんな仕事してて、それがわからないねんねじゃないわよ。あなたなら良いって言っているの』

アルバートは、アンソンの指に己のそれを絡めるように指でなぞる。

そして、艶やかに微笑した。

『この世の甘い快楽を、味わってみない？』

首をかしげる仕草も、ほつれる後れ毛も女としての魅力に満ちあふれている。

私はたまらず脳内で絶叫した。

アルバートなんで全力でアンソン落としに行ってるのおおお⁉　愚痴をたくさん聞いて、お酒も気持ちよく飲んでいて、何より超美人でスタイル良い姉ちゃんが、あんたなら良いって言ってんだぞ⁉　いやこれ無理だろ、こんないい女断れるわけがないだろう‼

えっこのままいくの、いっちゃうの⁉　アルバートさらに情報引き出せるって判断したの⁉　めちゃくちゃ影をつないで問いただしたいけど、アルバートがどんな魔法を使っているかわからない中で集中力を乱すのも怖いよ！　というか私の妄想力鎮まれ！

かつて読みあさった数々の二次シチュエーションを思い出すな。萌えと妄想が滾りすぎて荒ぶるわけにはいかないんだぞ⁉　いやそもそもこれやばくないか、だってアンソンはエルディアを蛇蝎のごとく嫌っていたんだ。こんな風に誘われたら、殴りこそしないだろうけど侮蔑を浮かべて席を立つくらいしかねない！

大混乱な私がそれでも目を離せない中、場面は展開していく。

美女の全力の誘いを受けたアンソンは、微かに息を呑んだ。

一拍、二拍と見つめ合う様は、一幅の絵画のようで眼福だったけれど。

ふ、と小さく息をつくと、アンソンはアルバートの手をそっと外した。

そうして、たしなめるように柔らかく苦笑したのだ。

『あなたのような魅力的な女性に誘われるのは嬉しいが、だからこそ利用する気はないさ。礼ならこの時間だけで十分すぎる。もう少し、体を大事にしてくれ』

『……あら、振られちゃった』

肩をすくめるアルバートを前に立ち上がったアンソンは、騎士のお手本みたいな礼をした。

『あなたに会えたことを感謝しよう』

脳内夢女子が、滂沱の涙でスタンディングオベーションをした。

さすが騎士の鑑だ……。そうだよ普段は結構ラフなアンソンだけれども、伯爵家の出だし何より首席に選ばれていたし締めるときには締められる男なんだよ。かぁー！　かっこいいっ。いやでもアルバート振るなんて何様？　どうしてぐらつかなかったんだよアンソン！

私はもはやどういうテンションでいて良いか、わからなくなっていた。さらにのめり込みかけたとき、視界が回り腹を圧迫される。

「ぐえ」

「主殿すまない！　緊急事態にござるゆえご容赦を！」

辛うじて影は回収したものの、接続は完全に切れる。いったい何が？

焦った声は千草のもので、腹の圧迫感の正体は、彼女に俵担ぎにされたせいだと思い至る。

千草は一刻の猶予もないとばかりにぐんっと沈み込んだとたん、鋭く助走をつけて跳躍する。

身構えるまもなく、襲いかかる加速G。さらに千草の本気の跳躍は、私のみぞおちを容赦なくえぐった。

「本当にこっちかユリア⁉」

「はいっお姉様が……あれ？」

回転する視界の中でリヒトくんとユリアちゃんの声を聞いて、この強行の理由がわかったとたん。

私の視界は、ブラックアウトしたのだった。

なんだかやわらかくて、あたたかいものに包まれている。

私がぼんやりとまぶたを開けると、黒髪紫瞳の美女が覗き込んでいた。

再び意識が遠のきかけたが、その前に額を軽くはたかれる。

それは、変身を解いていない美女アルバートだった。

着崩しは直しているものの、スカートのままの彼に横抱きにされていたのだ。感じるのは男性時よりは細い腕と柔らかい体で、でも私を抱えても揺るがないのはいつもと同じ。

正直気づいた今も白目むきそうなんだけども、私の思考を読み取ったように彼は真顔で言った。

「とりあえず、意識は保っていてください」

「あい。……あれからどうなった？」

アルバートにソファに下ろされつつ聞くと、あの後のことを語ってくれた。

「俺のほうは、アンソンが店を出た瞬間、勇者と聖女と接触していました。アンソンを探しに来たようですね。多少乱暴とはいえ、千草が離脱したおかげで聖女達も確信は得られていない様子です。ですがあなたが意識を失ったために即座に撤収。屋敷に戻ったというところです」

「それで布団に寝かせる前に、私が起きたのね。ありがとう、千草にＭＶＰをあげたい。もちろんアルバートにもだけど」

自分の服装が、男装のままだったことで、そう判断した。

まさかユリアちゃんとリヒトくんが、夜の街に繰り出してまでアンソンを探しに来るとは思わないじゃないか。

今回はアンソンに怪しまれないため、配置した後方支援の人員を最小限にしたのが仇になったなあ。千草をそばに置いといて助かったけども、何度やっても采配は難しい。

そんな真面目なことを考えられるくらいには、頭が寝ぼけから回復し始めていた。けれどもその結果、女版アルバートをじっくり眺めることになる。

すでに役が抜けたアルバートは、ただの美女だ。

明かりの中で、軽く結われた黒い髪が艶やかに流れている。アルバートの、怜悧に整った顔立ちはそのままだ。けれど柔らかくなった輪郭のおかげで、儚げで清楚ささえ感じさせる。なのにその体は、いっそ肉感的とも言える女性的な曲線を描いていた。切れ長な紫の瞳はどこか陰があり、匂い立つような色香を漂わせている。愁いを帯びた表情は酷く男心をくすぐるだろう。

むしろ私がくすぐられまくっている！　うう、美しいじゃん、たたずまいだけで美人じゃん、品があるじゃん。しかもばっちり胸があるし、腰がきゅっと引き締まってるし足細いし長いしスタイルが良すぎる。

こうやって何気なく歩く振る舞いまで全部女性に見えるから、さすがアルバートなんだよ。

そこまで考えた私は、ふと気づいて真顔で問うた。

「今は安全ですか」

「……そうですね。屋敷内ですから」

アルバートはちょっと悟りを開いたような顔な気がした。

だが私は、ふらっとアルバートに向かって手を組み合わせて跪く。

「一応聞きましょうか。何をしているんです」

「女体化アルバートという、二次創作ではよく見たけれど夢の夢だったアルバートが今現実に存在していること。その奇跡の造形美と、まさに動いてリアルで拝めること。とにかく顔が良いことに森羅万象、天地神明となによりアルバートに感謝してる」

「今までで一番あなたがわからないと思いました」

アルバートの諦観の眼差しも美しい。冷えた美女の眼差しってなんてそそられるんだ。

「ありがとう、ありがとう。そしてありがとう……。アルバートを生み出してくれたすべてに感謝したい」

祈りを捧(ささ)げている間にも、アルバートを鑑賞することは忘れない。ガン見である。

だって出かけ際は時間がなくて、「あっ顔が良い」としか思えなかったんだもん。いやそのあと吐き散らかしたけど、現物を鑑賞しながら胸に湧(わ)き起こる衝動とは別物なんだよ。

ふえええ、やっぱり美人だよ、目線だけで惚(ほ)れさせられるよ。というか体の線が芸術品だよ。男でありながら女子にもなれるなんて……はっ！

「ちょっと女の体に恥じらったりしませんか」

「役でならともかく。自分の体でなぜそうなるんですか」

「あーアルバートだぁ……。全く頓着(とんちゃく)しないのも大変に滾ります」

私が涙ぐみながらしみじみと浸っている間も、アルバートはちょっと変な顔をしつつもそのままでいてくれた。あ、でもこれだけはしっかりと確認をとらなきゃいけない。

ひとしきり感動に打ち震えたところで、すっくと立ち上がった。そして女性になっても私よりちょっと背の高いアルバートを見つめた。

不思議そうにされるけれど、視線はそらさないよ。

「だいぶ我を失いましたが、私はあなたに聞かねばならないことがあります」

「なんでしょう」

うっ女版のアルバートの女性としては少し低い声に、またうっとりしちゃうけれども私はまじめになるんだ！

「最後のやりとりだけど。なんでアンソンを口説こうとしたの。あの時点で、もう取れる情報は取れていたと思うんだけど」

「ああ、そのことですか」

アンソンから欲しかったのは、フランシスとの関係だ。引き出せる情報はあの時点で得られていた。だからアルバートの、口説き文句が酷く浮いていたのだ。

なるほど、とひとつ頷いたアルバートはあっさりと言う。

「気になることがありまして、探りを入れたかったんですよ」

「……その知りたいことって?」

私が突っ込んで聞いてみても、アルバートは曖昧な微笑みを浮かべるだけだ。

む、これは絶対言わない顔だ。いや、でもアルバートは必要な時はちゃんと言う。だから私に対して言わないってことは確証が得られなかった。あるいは私に告げると良くない事柄だ。

そう考えると、私の胸がぎゅうと嫌な感じにきしむ。それが顔に出ていたのかもしれない、アルバートがちょっと困ったような顔をした。

「勇者一行にはあまり接触できませんからね。今回は貴重な機会でしたから、確かめたいことはすべて確かめようと思ったんです」

「でも、アルバートは知ってたでしょ。アンソンはエルディアみたいな、遊びで人を誘うような女の子が嫌いなんだ。あんな聞き方したら、上手くいかなかった可能性がある。そうでなくても女子アルバートは魅力的で、震いつきたくなるような美人なんだし。アンソンがノってくる可能性もあったわけじゃない」

「……あの聞き方だからこそ、必要だったんですが」

んん？　どういう意味だ？

私が疑問に思っていることにも気づいているだろうに、アルバートはそれには応(こた)えずに続けた。

「大丈夫ですよ、万が一アンソンが興味を示した場合でも、適当に逃げる算段はしていました。そもそも俺の対象は女性です」

「それでもアンソンが本気出したら、逃げ切れなくなる可能性もあったでしょう。アルバートなら逃げるのめんどくさいし、穏便にすむならまあいっかって考えそうだから嫌なんだ」

そんな一夜の過ちから始まる、腐向け二次をどれだけ読んだと思っている。

アルバートがあ、やっべ。って顔を一瞬浮かべたことで間違いないと悟った。

私は胸の奥に感じるしこりを抑えて、今は華奢(きゃしゃ)な彼の両手をとって握りこむ。

「必要なら、仕方ない。本当に本当にどうしようもないなら、何をしてでも生き延びることを優先して。でも、今回は違うでしょう？　選べたのなら、あなた自身を大事にして欲しいよ」

それは十年前から、何度もお願いしていたこと。アルバートは自分の存在を軽く扱いがちだ。だから、彼の技術と能力を頼らないといけない時でも、これだけは言い聞かせていた。

私の神妙な様子に気づいたらしいアルバートが、ぱちぱちと瞬いた。まつげなっげえな。

「……実は今回の件も、あなたには萌(も)える！　と叫ばれて流されると思っていました」

「正直もうしますと大変に滾りました」

「ですよね」

告白にあっさりと納得しているアルバートに、私はそれでも続ける。

「がそれ以上は二次だけなんですよ。グロとリョナは現実には持ち込まないし、エロも三次元では合意がなければ断固拒否です」

二次元と現実は区別をつけるよ！

それに、と意外そうな顔をするアルバートの握った手にぎゅう、と力をこめた。

「あと、ふりだとわかっていても、アルバートが誰かを口説くのを見るのは、ちょっとやだなあとも、思いまして」

あのときめちゃくちゃ混乱していたのってさ。アルバートの色気と、アンソンの絡みという二次で見たシチュに興奮したのもあるけど。今まで自覚してなかった嫉妬（しっと）に、びっくりしていたからというのもあったんだ。

「今でも萌えが大半を占めるし、気持ちを打ち明けられても、アルバートが公共物なことは絶対に変わらないと思っていたのにさ。こう、なんか。その。自分の変わり身の早さに驚いて反省をしてるんだけども……って？」

言葉に出すのがすごく気まずい、というか後ろめたい。

さらに沈黙が怖くて視線をそらしていたんだけども、不意に握っていた手を引っ張られた。

軽い力だったから体勢は崩れないけれども、代わりに否応（いやおう）なくアルバートを見ることになって。

ひっと、息を呑む。

アルバートは私の片手を自身の頬に触れさせると、とろけるような笑みを浮かべた。

掴まれた私の手が、彼の柔らかい頬を堪能している。少し白粉でさらさらしてて、なのに吸い付くようなもち肌だ。ひえっ。

私が息を呑んでいる間に、アルバートは思わぬご褒美をもらえたような、そんな意外さと嬉しさを滲ませた。

「良いんですよ、あなたは俺を所有しても」

「所有なんてそんなことしませんけど⁉　そもそもあなた、束縛しようとしたらあっさり見切りをつけて逃げるでしょ⁉」

しってる！　そういう風に首輪を付けてこようとした大富豪を、サクッと殺してフリーに戻った公式エピソードあった！　二次でもいっぱい見た！　ああいや、目の前のアルバートの話じゃないけれど。本質は変わってないんだから、縛られるのは嫌いでしょ。

恐る恐る窺うと、アルバートは眉を上げて呆れを覗かせる。

「好意のない人間にされて喜ぶとでも？　でもあなたには俺がしたいと思っているんですから、自分を差し出すのは等価交換、当然でしょう」

「うわあアルバート肌すべすべだなー！」

なんか深く考えちゃいけないこと言われた！　追及しないぞ絶対しないぞ。

とりあえず奇跡的に触れたアルバートの肌を堪能するのに集中する。が、添えられたままだったアルバートの指先が、そっと私の手の甲を撫でた。ひえっ。

彼は楽しげに笑みをこぼしながら、さらに私の腰へもう片方の腕を回して引き寄せてくる。

アルバートの着ているスカートが、私の足にまとわりつくのをズボン越しに感じた。

「わかりました。これからはなるべくあなた以外には許しません」

「あ、そこはなるべくなんだ」

ときめきが臨界点に到達しかけていても思わず素に戻ったが、アルバートはきっぱりと言う。

「絶対に守れないとわかっている約束はしません。任務上効果的だと思えば使います。最大限の結果を出すのが俺ですから」

けれど、とアルバートは頬に置いていた私の手を、今度はその胸に導いた。

服越しに、柔らかい感触と共に少し速い彼の鼓動を感じる。

「ですがどのような行動をとろうと、この心があなたを裏切ることはありません。嫌悪されるのなら、その手段は極力排すると誓いましょう」

私は大きく目を見開く。言葉に関しては慎重なアルバートが、誓うと言った。

アルバートのことはいつだって信じているけれど、改めて言葉にされれば安心感が違う。

心の底に溜(た)まっていた靄(もや)が、晴れていくのを感じた。

だが同時に、手に感じるほどよい弾力とマシュマロみたいな柔らかさに、どんな顔して良いかわからなくなる。

……これうかつに指に力を入れたらやばいやつじゃん。同性同士だってこんなことしないぞ。セクハラって言われないか。柔らかいな、とかちょっとでも思ったら死んでしまうんじゃないか。

ああでも、もっと体温上がるのは！　ちろり、彼を見上げる。

「……うすうす気づいていたけど、アルバートって私のことめちゃくちゃ好きだよね」

「そうですね、今この場であなたをどうしてくれようかと考えるくらいには」

すまし顔で言ってるけど、アルバートわりと鼓動速いよね？　やっぱり胸に私の手を置いたのって意識させるためにわざとですね⁉

そんなこと考えていたら、アルバートが面白げに私を見る。

「ちなみに俺は今女性になっているんですが、かなり緊張されてますね？」

「こんな魅惑のふわふわがあれば女でもどきどきするよ。そもそも、今ご自分がどれだけの美女か鏡をご覧になったらいかがですか」

「……あなた恋愛対象の中に女性も入っていましたか？」

「百合をたしなむのは二次だけですけど、アルバートは別腹なので。男でも女でもおじさまでもシヨタでも萌えられます」

なんでもばっちこい！　となかばヤケな気分で語ったとき、香水の甘い香りとアルコールの匂いの中にスモーキーな匂いを感じた。

「んん？　アルバートから煙草の匂いがする」

思わずすん、と嗅いでいると、捕まえられてた手が放される。そしてゆっくりと一歩アルバートが離れた。えっえっやば、変態くさかったよなごめん。

ただ焦りした私だったけれども、今度はアルバートが気まずそうな顔をしている。

「すみません、浮かれて忘れていました。酒場帰りでしたし、あの環境に紛れ込むために事前に安煙草を吸っていたんです」

「なにそれきいてない」

「変装は、匂いからごまかすのが常道です。女になっても屋敷勤めの匂いが染みついていましたから、手っ取り早く馴染むために、あなたと別れた後に少々。だから喫煙については許して頂ければ」

そんなことしてたの⁉　さすがプロだなアルバート、惚れ直すわ。

「理由はさすがだなって思うし、必要なら全然おっけーなんだけど。アルバートの喫煙シーンなんて、色気があるに決まってるじゃん。そんなスペシャルシチュ見逃したなんて絶望した！」

この世界でも喫煙は体に悪いものだから推奨はしたくない。それはそれとして、けだるげに紫煙を呑む姿は絵になるんですよ。

ここでは紙巻き煙草が主流だから長い指先で一本とって、マッチを擦って……ああいや魔法で無造作に火をつけるのも良いな。それくらいの魔法、アルバートなら簡単だろう。

そっと吸い口に唇を当て、息を吸った瞬間の伏し目がちな眼差しまで脳内再生は余裕だけども、あくまで幻覚。実際にしているのならぜひ間近で見たかった！

ふぐぐとこの悔しさを堪えていると、アルバートが苦笑しつつちょっと両手を広げた。

「煙草は仕事に支障が出るのですぐには無理ですが、この俺が気になるのなら触ります？」

「えっいいの⁉」

「かまいませんよ、減るものでもありませんし」

からかい混じりの声音だとわかっていた。

けれど、アルバートからの許可に、私は誘惑に負けて彼の腰に腕を回した。

「うっわ、腰ほっそおしりちっちゃ。この胸の形の良さよ。補正具付けてないでしょ……これでアルバート性別変えただけ？　ふええ……すごい……」

「……なんだか不本意ですね」

アルバートの変化には、一切の違和がないとわかっていてもこれはすごいなぁ。

どこもかしこも柔らかい彼に感動していると、頭の上から小さく息をつく音が聞こえた。

視線を上げると、いつもより視線が近いアルバートが、紫の瞳を緩めて笑んでいる。その眼差しに若干愉悦が乗ってる気がした。

「ところで、なんですが。今回の補給ですけど、どうします？」

「ああ、いいよやる？」

今回、アルバートはかなり気を張って魔法と変化を使っていたからね。軽く血を呑んどいた方が、気分は楽だろう。でも何で改まってきくのかなーと思っていると、彼はなんだかちょっと含みのある表情になっている？

「俺としてはあなたに手をつける以上、さっぱりと匂いを落として身支度を調えたいのです。が、そうすると男に戻ります。さすがに女物を、もう一度着る趣味はありませんので」

「ううん？」

「ですがあなたは女の俺を気に入っているようですし。何より、男に戻ると俺が身支度を調えている間、待たせることになります。俺にここを噛まれて吸われるのを、想像しながら」

つう、と指先でシャツ越しに首筋をなぞられて、背筋が勝手に粟立つ。

そういうことかと腑に落ちて、ぶわっと顔に熱が上がる。たくましい私の妄想力で完全に想像してしまい、心臓が痛いほどの鼓動を打ち始める。

あの、その。それって、私がアルバートに吸われるのを待ち構えるってことで。ものすごく期待しているみたいじゃないか……？

アルバートの表情はいつものすまし顔だったけれど、彼がこの状況を心底楽しんでいるのが手に取るようにわかった。

完全に手の内でころころ転がされてますねえ私！　どうする、どうする私……！

アルバートが男に戻るのをそわそわ待ち続けるのか。

それとも夜のお姉さんの色気を存分に纏っている、女のアルバートにやってもらっちゃうのか。

え、どっちも死しかなくないか？？？

「俺はどちらでもかまいませんよ」

このまま引き延ばされたら私の羞恥と情緒が死ぬ。

「じゃじゃじゃあ、今すぐでお願いします！！！」

「かしこまりました」

そう思って全力で願い出る。アルバートは、貴婦人のように優美に頭を下げると、私の服に手をかけた。そうだ、今日は男装していたから、ズボンにシャツだった。

ぷつ、と私のシャツのボタンを外していくアルバートは、くすり、と耐えきれなかったように笑い声を漏らした。

「今の俺は女で、今のあなたは少年従者のようですから。――……この構図、なんだか俺が悪いことを教えているみたいですね」

くす、くす、くす、とアルバートが女性の声で笑う。その艶やかさと匂い立つ色香に、頭がくらくらした。

シャツを寛げると、アルバートは、私の腰を引き寄せる。

彼の細くても振り払えない腕の中。どっちみち似たり寄ったりだったなぁと、萌えが臨界点に達したせいか一周回って冷静になった頭で思う。

けれど、アルバートが首筋に唇を寄せたところで、私はその耳に呟いた。

「アル、話せるときになったら話してよ」

「……わかりました」

なんだか仕方がないなあとでもいうような色を含んでいたけれど、約束してくれたなら大丈夫だ。

アルバートが動くと、紫煙の香りと共に、いつもより柔らかい髪が頬を撫でる。

彼は女のまま、私の肌に牙を突き立てた。

いつもと同じで、いつもと違う。

ぷつり、と皮膚が食い破られる瞬間、案の定、私は妙な後ろめたさを感じてしまったのだった。

第三章　イベントが真面目（まじめ）なわけがない

真昼のリソデアグアの海岸広場は人でごった返していた。

そこかしこで生バンドによる賑（にぎ）やかな音楽が鳴り響き、着飾った人々がずらりと並ぶ露店の間を行き交っている。みんな色とりどりの華やかな衣装で、一様に楽しげだ。

そう、海より来たる大いなる存在を慰め豊穣（ほうじょう）を願うための祭り「豊穣の海神（かいしん）祭り」の開催日となったのだ！　私のテンションも上げ上げである。

なにせ！　これが！　私が待ちに待って楽しみにしていた夏イベントストーリー、通称水着イベなのだから！

祭り会場の近くにあるホテル。その一室のルーフバルコニーで、私が海岸線と賑やかな祭り会場をうきうき見下ろしていると、アルバートが入ってきた。

今日の彼はいつもの執事服だ。夏で薄手仕様だけれども、手袋まできっちりはめている。

まあ完全な吸血鬼じゃないとはいえ、直射日光が苦手だから肌を露出しないんだ。

それでも暑そうな顔一つみせないんだから、アルバートは従者の鑑（かがみ）だよな。

ちなみに私は着心地の良い、サマーワンピースですがなにか。この日のために下ろした服だよ。

足下もなるべくお洒落（しゃれ）にキメていますから、気合い入れてますよ？

「エルア様、諸々(もろもろ)のセッティングは順調です。勇者達と遭遇しないルートも確保いたしました」

「ありがと。ここから会場が一望できるとはいえ、万が一はあるからね」

私はアルバートをねぎらったあと、すまし顔で一番肝心なことを訊(たず)ねた。

「さて。今回の豊穣祭りの演出装置が壊れてしまったって聞いたけれど、どうなったかしら」

心得たもので、アルバートも上品にわざとらしく憂いを滲(にじ)ませてノッてきてくれる。

そういうところ好きだぞ！

「ええ、裏で仕切っているコルトヴィア様もたいそうお困りでした。ですが幸いリソデアグア郊外に魔法使いがお住まいです。掛け合って、それなりの報酬と会場の特等席を引き替えに来て頂くことで補えました。本日も会場内で準備をされています」

「それは良かったわ。みんなが楽しみにしているお祭りだもの、悲しい結果になるのは嫌よね。新たに招かれた方の不都合がないように、世話係をおいてあげてちょうだい」

「かしこまりました」

「そのう、主殿(あるじどの)」

そこで、先ほどから一緒にいた千草(ちくさ)が、なんとも複雑そうな困惑の色を隠さず声を上げた。

ちなみに本日の千草の装いも夏仕様だ。とはいえ、薄手の着物にたっつけ袴(ばかま)である。彼女の淡いクリーム色の髪が光を反射してきれいだ。惚れ惚れ(ほれぼれ)しちゃう。

「あの兄弟を和解させるためにこの祭りを利用すると申されておったが、何をするのでござろうか」

「ん？　ああ。そっか時間も押してたし、千草には魔物の討伐に出てもらっていて話していなかったね。もうやったのよ、うちでちょっと演出機材を壊したの」

千草には、最近多発していた暴走する魔物の討伐に出動してもらっていた。だから、些細な手はずについて腰を据えて話をする機会がなかったんだ。

「き、機材を壊してなぜ和解につながるのだろうか！」

案の定ぽかんとする千草に、アルバートが淡々と説明した。

「今回の演出機材は、一定時間任意の魔法を発動させる装置だ。だから壊れたとしても、魔法使いが代理をできる。怪しまれずにフランシスを呼び込む絶好の口実だろう」

「そういうこと。ここでフランシスの反応を確認して、もう一度彼らを引き合わせようと思ってね」

千草がわけがわからない、といった様子で私を見てくる。

まだお祭りまで間があるし、と私はこの後の手はずの確認もかねて千草に語ることにした。

「たぶん、フランシスはアンソンのことが嫌いなわけじゃないのよ」

「なんと、あの態度ででござるか⁉」

まあ千草が驚くのも無理ないか。まだヲタクの性質になじみがないからね。

アルバートと話したけれど、初邂逅の映像とアンソンからの伝聞で、90パーセントくらいは確実だと意見が一致した。とはいえまだ確証があるわけじゃない。

「それを確かめるために、私はフランシスを、アンソンのかっこいいところが確実に見られるこの場におびき寄せることにしたの」

「手段としては演出装置のいくつかを破損させ、祭りの場に希少な魔法使いが必要とされる状況にする。その後、コルトヴィア様経由でフランシスを招き寄せた」

アルバートが簡単に流れを説明する。今回もうちの子達が良い仕事してくれたわ。

「まあ、私達、悪役なので。乱暴な手段でも有効だったら選ぶことをためらわないの。準備期間がない中では、まあまあマシな手段を使えたなと思うんだ」

「コルトヴィア様と同様に、俺は『甘い処置』だとは思いますがね」

ぼそりとしたアルバートの言葉に、私はちょっと苦笑いする。

千草はぴこぴことうさ耳を動かしながら考えている様子だったが、ぽん、と手を叩いた。

「なるほど、人を狙わなかったのでござるな。フランシスに変えるのであれば、魔法使いを一人排除する方が簡単だ。しかし、機材を壊すことで、人員を補うように仕向けたのでござろう」

「ひと一人の人生を、台無しにする度胸はなかっただけよ」

千草に思い至られて決まり悪い気分になっていると、アルバートがさらっと補足しやがった。

「俺達が用意した三日寝込む魔法薬を、『祭りを楽しみにしている人を欠けさせるのは、私の心が折れる』と却下されましたよね」

「だって、祭りは、日々の心の支えだから……」

そう、私もOLだった頃は夏と冬の祭典はもちろん、春と秋にある同人イベントやリアルイベントを励みに仕事頑張ったんだ。こっちの都合で楽しみを奪うなんてことできないよ。今回参加する魔法使いの皆さん、ほんっとに海神祭りに参加することを楽しみにしていてね……。

だからって機材を壊して良いことにもならないけど、補填だけはしっかりするから許して欲しい。

気まずい気分で自分の指を絡めていると、千草がちょっと微笑(ほほえ)んだ。

「主殿は悪い方だが、優しいな」

「千草のほうがやさしいかよ」

良いんだ、私が悪いことをしているのには変わらないし、ただ欲望に忠実なだけなんだ。

だけども、千草の温かい言葉が身にしみる。推しに労(いたわ)られるって、なんて贅沢(ぜいたく)だ。

じーんときつつも私は話を続けた。

「まあ、そういうわけで、フランシスがこの祭り会場に来てるの。しかも特等席で祭りを……アンソンを見ることになるわ。そこで私が、実際に彼の反応を見るのが第一段階。確信を得たら第二段階……仲直り計画に移行する」

といっても、こっちは確固たる計画があるわけじゃないんだけど。

フランシスがアンソンを嫌っていないとわかれば、もう一度話す機会をお膳立(ぜんだ)てしても罪悪感はわかないなとは思う。つまり取れる手段は豊富ってことだ!

「穏当な手段としては『○○しないと出られない部屋』に二人を突っ込んで、強制お話し合いに持ち込むかな。魔法系はフランシスに破られちゃうかもしれないから、素直になるお薬系は難しいし。あ、でも、魔法道具ならうちの精鋭が作ったものなら負けないかな」

「まるまるしないと出られない部屋、とは」

あっやばい。千草が宇宙を見始めてる。

アルバートが、小さくため息をついて補足してくれた。

「要は監視付きの牢獄に似た場所へ閉じ込めて、こちらの指示に従わせる空間装置のことだ。主に、閉じ込めた者達の反応を見るために使う」

「それは監禁なのではないか？」

「うっその通りですね……」

千草に超常識的なことを指摘され、私の良心が痛む。だが、それもこれも、すべては彼らが明るい未来にたどり着くためだ。

「とにもかくにも私は悪役です。悪いことは全部私のせいにしてもらって、彼らには幸せになってもらいたいのよ」

「な、なるほど」

千草になんとなく納得してもらったところで、私はパンッと手を叩いた。

「さあ！　そろそろお祭りが始まるよね。双眼鏡もいざというときのための魔晶石も、ばっちり準備してあるわ」

「……わかりました。ところでいつもの物は持ち込まれましたか」

ちょっとアルバートの反応が鈍かった気がした。けれども、なんだろうな、と思ったところでそう問われ。私はぎくっとする。

うっヲタク以外の人が居る中で、それに言及されるのはやっぱ心がしんどい。

それでも言わないという選択肢もないんだが、とおずおず答えた。

「……持ってきているけれども、いつも通り絶対表では使わないわよ」

「わかっております。そのためにこの観覧席を用意したんですから」

ぐるぐる葛藤するけれども、まあ元々持ってくる気はあったので仕方がない。

アルバートの準備が良すぎて泣けてくるし、何より使わせようとするのが怖いんだけども。

自分の気持ちに嘘はつけないんだ。そう、だって！　水着イベントなんだもん！

そのときこんこんと扉が叩かれる。現れたのは、スタッフとして潜入しているうちの使用人だ。

「会場に勇者達が現れました」

私の心が高揚する。こうして私達は水着イベ、豊穣の海神祭りに突入したのだった。


ソシャゲで「イベント」というのは、本編ストーリーとは別に、不定期で開催されている期間限定の番外編ストーリーのことだ。

エモシオンファンタジーで、初めてイベントが実装されたのは第一章の後。……つまり例の悪徳姫ショックから抜け切らない、お通夜状態の最中だった。

その中で告知されたのがこの「豊穣の海神祭りと願いの夢」である。

夏のイベントだったから、きっとこれは悪徳姫を失ったプレイヤーをキャラの水着姿で癒やして……ついでに課金を促すための運営からの優しさだと、誰もが思った。

それは半分間違っていなかったのだが――……。

祭りの司会者が、拡声器を使って高らかに宣言する。

『さあ！　今年も始まりました豊穣の海神祭り！　エントリーされている豊穣の巫女達をご紹介い

たしましょう！　今夏は多くの商会に協賛して頂きまして、大変豪華になっております！』

拍手と盛大な演奏と共に、広々ととられた会場へ出場者が入場してくる。

まず、目を引くのは、彼らの被っている、色とりどりの花で作られた花冠だ。そこへ白をベースとした薄手の裾の長いワンピース状の物を羽織り、長い髪をそれぞれの好みに結い上げている。

遠目から見れば、きっと美しい女性揃いだと思うだろう。

もちろん、中には見事な肢体を惜しげもなく晒した女性もいる。だがしかし、集団をよくよく見てみると、女性にしては妙に背が高かったり、肩幅があったりする人が多い。

美しく化粧をしているが、ぶっちゃけ言うと女装をした男性も顔を連ねているのだ。

男女比としてはほぼ半分。

ははは、前情報を入れていても、観光客からどよめきが起きている。

ちょうど司会者が紹介し始めた。

『さて、観光客の皆様には再度、豊穣の海神祭りについてご説明いたしましょう。

その昔、この土地へ海より現れる荒ぶる海神の化身が来訪しておりました。人々を襲い、女子供を攫っては食い荒らす、海の魔物です。このままでは村が壊滅してしまう。

そのようなとき、村に住まう姉弟が名乗り出て、言いました。

「私達が陸へおびき寄せてみせましょう」

たおやかな姉と幼き弟に何ができるでしょう。けれど彼女らはこう続けました。

「海の者は陸に上がると動きが鈍くなる。陸ならば勝ち目がありましょう』

司会の声が真に迫っていて、ゲームで把握している私も手に汗握ってしまう。

『無策で向かったとしても食われるだけ。けれど姉弟は案があると言います。

「手まりと白い衣を用意してください」

その献身に涙した村人は、姉弟に手まりと白い衣を用意し武器を手にとりました。

姉は長い髪をくしけずり、弟はよりたおやかに見えるよう鬘を身につけ娘を装います。

目立つようにと白い衣を纏った二人は、手まりを持って海辺に立ちます。

そして手まりをとん、と投げては受け止め、投げては受け止め、手まりで遊び始めるよう振る舞いました。

手まりは打たれるたびに、しゃん、しゃんと美しい音が響きます。海辺で煌めく髪と衣をなびかせ楽しげに戯れる彼女達。まもなく海面が波打ち、海神の化身が現れました。姉弟の姿と音に惹かれたようにふらりふらりと海から現れます。

姉弟は叫びます。

「今です！」

海の者が陸に上がれば、ひとたまりもありません。

こうして見事海神の化身を倒すと、村は平和となりました。姉弟の功績を称えるためにこの祭りは始まり、手まり遊びはスポーツとして親しまれた結果、男女ともに参加する一大イベントとなったのです。これが豊穣の海神祭り、通称豊穣ビーチバレー大会！』

あははは！　もはや隠す気ないなあ！

そう、あの白いワンピースみたいなのも、長い髪も、伝説の姉弟の姿をまねた結果だ。男女両方に適用されたユニフォームとして定着したのである。

しかも「長い髪の美しい姉弟」ってことからただ白ワンピを着ただけではアウト。徹底的に美しく装い、ウィッグでも良いから長い髪を身につけることが参加条件なんだ。

というわけで、たとえ男だろうと女性らしく腕によりをかけて華麗に美しく装っているのだ。それでも地元の祭りとして大人気。観光客誘致として一大エンターテインメントと化したのだ！

これがエモシオンプレイヤー……通称勇者達の中で伝説となった、トンチキストーリーが展開される与太イベ「水着イベント」の概要である！

まあ確かに、本編のドシリアス時空を全力でぶちこわすそれに、悪徳姫ショックは吹っ飛んだよ。吹っ飛んだけども、もはや強制カウンセリングと言っても過言じゃないくらいの力業で、みんな一時期SNSで流行った宇宙猫顔になったもんだ。

そしてこれ以降、本編ストーリーが解放された後には、与太イベントが開催されることが恒例となったんだよな……。

「本編見ても与太イベがあるから大丈夫」が合い言葉になったくらいだはっはっは。

私も癒やされた……めちゃくちゃ癒やされたさ……（哀愁）。

だから初めてのゲームイベントとして、とても記憶に残っているんだ。

ホテルのルーフバルコニーという特別席であの頃を懐かしんだあと、私は真顔で双眼鏡を覗き込んでいた。なぜ特別席なんだって？　簡単だ。

『今年もホワード商会に、衣装及び様々な協賛をいただきました』

というわけなんですね！　だって私が気づいた時にはまだ、ここまで有名な祭りじゃなかったんだ。立派な水着イベントになるように、周辺の環境整備をこれでもかとやったんですよ。えっへん。

このホテルは、豊穣の海神祭りを特等席で観覧するために作られている。宿泊代にチケット代も入っているのだが、協賛してくれた関係者に優先販売されている特別席なのだ。その分お高いけど。

要するにこれは私の課金力なのである。ふふふ、財力の味を覚えてしまうと、後に戻れなそうで怖い。いいや、私はこの祭りを見届けるまでは戻れなくったっていい！

砂浜に作られた試合会場には、今二人一組のチームが十数組並んでいる。

真夏の太陽の下、白のワンピースと、色とりどりの花冠が非常にまぶしい。

その中に私は勇者くん達を見つけて、身を乗り出す。

ゲーム通り、ユリアちゃんとウィリアム、リヒトくんとアンソンの組み合わせで出場するらしい。

わかっていたけど今のリヒトくん達のパーティに、女性はユリアちゃんだけなんだ。

ここ、仲間にしたキャラクターがビーチバレーに参加する、という描写があったのだ。

この参加事項で、である。

女性だけだろう、と思っていた私達プレイヤーの予想はすぐに裏切られた。公式発表で到底女性には見えないアンソンの、「豊穣祭り」バージョンの立ち絵が実装されたのだ。

つまり、どれだけがたいが良い男キャラでも、絶対に！　花冠＋長髪で美しく装っていたということになる。

公式で専用立ち絵があったのは初期メンバーのユリアちゃん、ウィリアム、アンソンの三人だけだ。でもすごいんだよ、運営さん。ゲームで女装をネタにせず、その要素でいかに美しく見せるかを徹底的に追求してくれたんだ。同人絵描きさん達もそこに追従して、強火の幻覚を生み出してくれて拝んだよ。もちろんアルバートは何パターンも見つけ出してにへにへ楽しみました。

あっそろそろ試合が始まるぞ！

「行くぞリヒト！　合わせろっ」

「はいっ」

トーナメント形式で行われる第一試合、野太いかけ声と共に、赤い髪がなびいた。

焦げ茶の髪を結んだリヒトくんが高く上げた、手まりという名のビーチボールをアンソンが鋭く相手コートへ打ち込む。

手まりはシャンッと涼やかな音とは裏腹に恐ろしいスピードで飛んでいった。相手が反応する間もなく、砂浜のコートをえぐる。

軽々と着地したアンソンは無造作に白い衣を払い、赤い付け毛も違和感がないほど堂々となびかせている。

男性だが美しくしっかりとした骨格の彼は、アマゾネスのようなかっこよさがあった。

観客達もその活躍に大盛り上がりだ。私ももちろん大興奮である。

「わあああああ！　リヒトくんナイスアシストぉおぉ‼　というかめっちゃかわいくない⁉　三つ編みとか素晴らしくないですか！　ふわふわタイプのワンピースが妖精(ようせい)みたいだし、ただのかわいい美少女じゃないか。たった一週間の練習で、ここまで堂々としたレシーブできるんだから素晴らしい。というかもう、スカートが乱れるたびのはじらいっぷりがくぅぅ最の高ですよ！」

私は双眼鏡をすかさず動かして、彼らを追う。

今度ボールを受け止めたのはアンソンだ。ざっと砂を飛ばして追いつき、絶妙な位置に打ち上げる。無理な姿勢にもかかわらず、揺るがない体幹に、観客からも感嘆のため息が漏れていた。

「というかアンソン、女性に見えないけど、よく似合っているんだよな。初めての騎士服以外の立ち絵があれだった衝撃は絶対許さないけど！　実際に動いているの見ると、かっこよさ半端ないな。スレンダータイプのワンピースの違和感のなさが逆にやべえ。薄衣が勇ましいと思ったことないよ。あんなスカートの振り払い方ある!?　スリットから堂々と見える大腿筋にしびれるだろ！　気品がにじむのがさすが騎士だよなっ。女性じゃないのはわかっていても、美人いや美丈夫というやつか。アンソンかっこいい。そもそも二人が楽しそうで幸せだ……」

観客席も茶のリヒトくんと赤のアンソンのコンビには、大変盛り上がっている。確か最近は慣れた地元の住民しか上位に上がってこなくて、マンネリ化していたんだもんね。

観光客もエントリーができるんだけど、なかなか上位に食い込んでくることがなかったんだ。

さらに言うと、これ華やかさもポイントに入るわけで、別部門として男女混合のミスコンまでやっているからね！　ちなみにウィリアムとユリアちゃんは、ミスコンに出ているんだ。

ウィリアムは、ほんっとうに美人でしかないんだよな。さすが王子様、歩けばさすがに男っぽさは隠せないけれども、にじみ出る気品が美しいんだ。ゲーム通りなら、並み居る美女を抑えて優勝するくらい、といえばわかるだろうか。

うんうんそっちも気になるんだけど、今はアンソンとリヒトくんコンビだ！

一試合終えたあと、私がふぃーと息をついていると、千草がものすごく複雑そうな顔をしていた。

「あの、主殿。今話しても大丈夫だろうか」

試合と試合の間の休憩時間に、千草が話しかけてくる。

「うん？　どうしたの」

律儀に確認してくれるのをありがたく思いつつ先を促すと、千草はおずおずと言った。

「今回の目的は、アンソン殿を見せてフランシス殿の反応を見ることだったのだろう？　しかしあれは常のアンソン殿ではない。本当に大丈夫なのだろうか。ふざけていると取られればアンソン殿がより嫌われてしまうのではないか」

「うん？　なんで？」

千草の言いたいことがよくわからなくて、私は首をかしげる。だってアンソンの活躍する姿だよね。だがアルバートは、千草が不思議そうにしている理由を察したらしい。

「あなたの基準はだいぶ独特ですけど。普通、男性の女装は受け入れがたい、と思われるんですよ」

「女装、……女装？」

「そして女装は、かっこいいという価値観に結びつきません」

真顔で言うアルバートに、私はようやく理解してよろめいた。

「そうだ、そうだった……私の基準は、一般人と乖離しているのを忘れていた」

私はだいぶ、サブカルチャーに浸かりきっている。だからアンソンのビーチバレー姿とか、女装のクオリティの高さとかに見とれちゃうんだ。けど、そもそも女装男装は一般人にとっては普通じゃなかったね⁉

私は衝撃を受けたけれども、はっと思い出す。むしろニッチじゃなきゃいけないんだ。

「いやそれでいいんだよ！　だってフランシスが我が同志か否かを確かめるためのものなんだし！」

そうだフランシス！　どうだ⁉　私が急いで双眼鏡を構えてそちらを見る。

関係者席の場所はＶＩＰ席のすぐ下、斜め前にある。だからそこに座る人々の横顔もきちんと見えるのだ。もちろんフランシスが座る場所もチェック済み。

私の予想が正しければ、あんなアンソンを見たあと、放心状態になっているはずだ。

ふふふ、推しに情緒を乱されている他人を眺めるのは楽しいものなんだ。

若干わくわくと双眼鏡を覗き込んだ私だったが、二度見した。

フランシスは招待席に座っているはずだから、探せないわけがないのだが。

「あれ、フランシスがいない」

「失礼します」

私の声にアルバートが隣に立って確認する。アルバートの視力なら、私が双眼鏡が必要なこの距離でも裸眼で余裕だろう。

だが彼も見つけられなかったらしい、眉をひそめたアルバートが私を向いた。

「アンソン達が入場した時には、席に着いていたのを確認していました。俺も常に見ていたわけではありませんが、席を立ったタイミングは彼らの試合が終わって間もなくでしょう」

ちょうど、勝利したアンソン達が試合を終えて退場するところを双眼鏡で眺めたあと、私は再びアルバートを振り仰ぐ。

「この後リヒトくん達がトーナメントを勝ち進んでいく中で、戦闘イベントが起きるわ。今回リヒトくん達のそばにいる戦力はアンソン、ユリア、ウィリアム、それからリデルだ。正直言うとアクシデントに対処できるかといえば心許(こころもと)ない」

あくまで私の感覚だけど、リヒトくん達は推奨レベルぎりぎりでくぐり抜けてきている。しかもその場で借りられる、サポートキャラのみで攻略している状態だ。ぶっちゃけ縛りきつくて、敵の編成内容を知っている私でも、その編成で攻略できるかは難しい。

だから私が介入できる部分では、裏で戦力を確保するのが常になっていた。けれど、それは有効に使えるように、守る相手や場所に集中できたらの話だ。

考えをまとめるのはすぐだった。

「アル、すぐに各方面に連絡。フランシスの場所を確認して。手洗いやどっかで萌(も)えをこらえているだけなら良いけど、先に巻き込まれていたらまずい。彼、戦闘向きの魔法も使えないからね、死なない保証がないわ」

「かしこまりました。では失礼いたします。連絡は通信機で」

「ええ、よろしく」

優美に一礼したアルバートが去って行く中、私は千草を振り返る。

「千草はここで待機、私の護衛をお願い」

「あいわかった。アルバート殿に御身を任されたのだ。この牙(きば)にかけてお守りしよう」

腰の刀、萩月(はぎづき)に手を添える千草だったが、ふと気になったように問いかけてきた。

「主殿、以前ぷれいあぶるきゃら以外の人物の情報は、わからないと申しておられたな。しかし、フランシス殿は変わらずお詳しい様子。彼は何が違うのだろうか」

「ああうん、フランシスは実は数少ない『エルディア』が直接関わる人だったの。だから生身の彼と接触して、知っていることがあるってわけ」

「なんと、知己でござったか」

目を丸くする千草に、私は苦笑いする。

「知己、というよりはそうだなー。彼が追放される原因になった研究に、私も参加していたから顔見知りなの」

そう、フランシスが中心だった「魔界の門の研究」は少なからず、魔界の門と魔物の暴走がつきまとう。だから実験中の事故に対処するために、聖女候補である私が起用されていたのだ。

このあたりは、さわりとはいえ本編でも、フランシスの口から語られている。

現実でも、私から特に働きかけることもなく、国から命じられた。だから、私も研究に関わって、顔を合わせれば二言三言会話するくらいには接点があったのだ。

……まあ本編通りに進ませるために、無実だってわかっていたフランシスを見捨てたことには変わらない。

「実際に生身で交流している人で、その人となりを知っているの。アンソンに関しても嫌っているように思えなかったから、腑に落ちなかったのよ」

「道理で、主殿には確信がござったのだな」

ふむふむと頷く千草を横目に、私は再び会場を双眼鏡で覗く。

ん、二回戦が始まったところだな。またアンソン達のスーパープレイが見られるはずだ。

ゲーム時はテキストだけだから、私も実際に見るのは初めてなんだ。見逃したくないしフランシスが同志なら、是非共に語り合いたいくらいなんだがなぁ。ヲタク同士だったとしても、擬態が完璧だと案外わからないものなのだ。

アルバートの方が気になりつつも、私ができることはない。

だから次の試合もそわそわと待っていると、傍らに座っていた千草がす、と立ち上がった。

ん？　と反射的に顔を上げてうっとなる。険しく目をすがめる姿は、私が千草の表情の中でもトップに好きな表情に入る「周囲を警戒する顔」だ。無防備に見る顔じゃなかった、あまりのイケメン度に心臓に刺さりまくる。ときめいちまうっ。

……じゃなくて！　千草が警戒しているってことは、何かしらの異常を感知しているってことじゃないか。

千草はうさ耳をぴんっと立たせながら、低く言った。

「主殿、アルバート殿ではない者が来る。できればすぐに動けるようにして頂きたい」

「わ、わかった」

千草が扉のほうへ一歩踏み出すと同時に、こんこん、と扉を叩く音が響く。

その後、アルバートや私の使用人なら名乗るのにそれがない。

私も緊張しながらも千草に目配せすると、彼女が声を上げた。

「どなたか」

少しの間のあと、男の声が聞こえた。

「フランシス・レイヴンウッドです。ここに僕を推薦してくれた方がいると聞いて、挨拶に伺ったのだけど」

その声に聞き覚えがあって、私は目を丸くする。

どこか柔らかく響く、ゆったりとした語り口。それは、まさしく今話題にしていたフランシスだ。

まさに私が探していた人物が、ドアの向こうにいることにほのかに安心しつつも、なぜここに？という疑問がわき上がる。

とりあえず、千草が戸惑うようにこちらを見るのを目線で制する。その間に、私は右耳の耳飾り型通信機をアルバートにつなげた。

「アル、フランシスを名乗る人が私の部屋に来たわ」

『……っ！　すぐ戻ります。開けないでください』

焦った様子のアルバートの通信にザザッとノイズが走る。

途切れたとたん、ドンッという破砕音と共に扉が吹っ飛んだ。

扉の破片が飛んできたけど、千草の刃によってはじかれて私は無事だ。

向こうにいたのはフランシスのはずなのに一体何が起きたんだ⁉

立ちこめる煙の中、踏み込んで来た男は、確かにかつて私が魔界の門の研究を手伝っていた時と変わらないフランシスだった。

アンソンよりも淡い赤毛の襟足を無造作に結び、ちょっとゆったりした服に魔晶石の付いたベルトや装飾品を身につけている。手には杖(つえ)と大きなトランクを持っていて、仕事終わりで抜け出してきたという風体だ。

けれど、いつものんびりと朗らかな印象だった表情は今、酷(ひど)く冷めた色を帯びている。

千草(ちくさ)が抜き身の刃を構えたまま私を背にかばう。

フランシスは私を見るなり、驚いたように眼鏡の奥の瞳を丸くしたが、納得の色を浮かべた。

「その魔力の気配……ああ、そういうことだったんだね。エルディア・ユクレール、なら納得だ」

今の私は、しっかり雰囲気も髪型も化粧も変えている。

リヒトくん達と遭遇する可能性のある場所では、そうするよう習慣づけているからだ。それでも、ユリアちゃんみたいに魔法の研鑽(けんさん)に長(た)けた人なら、魔力の気配で気づく人もいるにはいる。

魔力の気配なんて、アルバートクラスにならないと変えられやしねえんだよ。

ここは仕方がない。彼ならあり得る。

けれど、さらにフランシスは嗤(わら)ったのだ。

憎悪がしたたり落ちるようなその微笑に、私は微(かす)かに背筋が冷えた。

「ねえ、またアンソンを殺しに来たのかな。プレイヤー」

その、呼びかけに。私の頭は真っ白になった。

この世界に、酷似したゲームがあったという概念はない。少なくとも、私が調べた中では見つからなかった。そんな言葉は。ゲームだったという認識がないと出てこないんだ。

「なん、で」

私が辛うじてそう問いかけると、フランシスは鼻で笑う。

「質問に答える義理がある？　自分が生き残りたいからって、他の人間を平気で死地に追いやるような人間に？　同じ人間とすら思いたくない。僕の大事なアンソンを」

「何でアンソンを私が殺さなきゃいけないの⁉　圧倒的解釈違いなんですけどッ！」

絶叫すると、フランシスの顔が面食らい、千草もぎょっとしたように横目で見てくる。

だが、そんなことは構ってられない！　これだけはなにがあっても否定するっ。

「私はハッピーエンド至上主義なの！　ユリアちゃんとリヒトくん達はもちろん、他のキャラクターにも幸せになってもらわなきゃ意味ないじゃない！」

「あ、主殿、正気をたもたれよ」

「千草も幸せになってよ！」

「あ、ああ」

そうだよ、そのために全力で頑張ってきているんじゃないか。私はフランシスをきっと睨む。

「私はアンソンもその区分に入ってるの。今日のアンソンめっちゃかっこよかったでしょ！　白い衣装をなびかせてさ、跳躍する姿はさすが騎士って感じだった。リヒトくんとのコンビプレーも決まっていて、見応えあって……」

「やっぱり僕の反応を確かめるために、ここへおびき寄せたんだ。祭りの特別席チケットが、入手できなかったことを盾にするなんて卑怯だね」

　フランシスの冷めた物言いで、私ははっと我に返る。

　そうだアンソンを殺すなんて言われて錯乱したけれど、私はフランシスにプレイヤーだって指摘されたんだ。いやでもフランシス、やっぱり、お祭り見に来たかったんじゃないか！

「そう語るってことは、あなたはアンソンのこと嫌っているわけじゃなくて好きなんですね」

「は、さっきから気安いな、アンソンはお前に呼び捨てにされる筋合いはないよ」

「あ、はい」

　フランシスに冷え冷えとした忌まわしげな顔をされて、私はおやっと思う。

　これはもしかして……私が若干背筋の寒さを感じていると、フランシスはゆっくりと部屋の中に入ってくる。彼の微笑はすでにほどけていて、隠しもしない怒りと苛立ちで顔をゆがめていた。

「そもそも、お前の言い分が気にくわないよ。祭りのアンソンは、確かに普段の陽気さと快活さがそのまま出ていて良いものではあったけど？　あの子は存在しているだけで尊いんだ。それを何か成してなければ価値がない、とでも言いたげに。小さい頃からアンソンのそばにいた僕に対して、喧嘩売っているの？」

「そんなことは、思ってないのだけれど」

　私は顔を引きつらせながらも、悟った。私の勘は正しかった。

彼はアンソンのことをめちゃくちゃ好きだ。けれど好きが行きすぎて、他の人間との解釈違いが許せないほど、熱烈なアンソン推しになっているのだ。な、なんでそうなった。フランシスはアンソンの兄ちゃんなわけだし、好きでいること自体はおかしくないけど。

こんな人は私のヲタク知り合いにもいなくはなかった。だからすぐに理解する、こういう人に対してのアプローチを完全に間違えたと。

女装に対してまったく拒否反応を見せてなかったから、アンソンならばすべてを受け入れられるタイプの推し方みたいだ。でもなぜかはわからないけど、推しを傷つける存在として認定されてしまっている。彼にとって、私は地雷も地雷。生きていることすら許せないだろう。

フランシスは、敵意を帯びた眼差(まなざ)しで私を睨んだ。

「あの子はとても良い子なんだ。お前はあの子が好きだって言ったけど、ならなんであんな過酷な運命を背負わせるんだい。何度も何度も何度もあの子を殺して！　お前達が未来を知っているんなら、勇者だと陽気に名乗るんなら、お前達が世界を救えば良いじゃないか」

フランシスの言葉は、私が心の中でずっと悩んで折り合いをつけきれていない部分をえぐった。

言葉を詰まらせている私に、彼の空色の瞳(ひとみ)は殺意を湛(たた)えて続ける。

「まあでもお前が高尚なことを言ったって、あの子が死ぬのなら僕にとっては変わらない。お前もどうせこの世界で遊ぶだけなんだろう。僕は違う、アンソンが生きているのならなんでもいい。あの子のためなら何でもできるよ」

「なにを、しようと言うの」

あまりに不穏な言葉の連なりだった。

私がからからの喉(のど)から絞り出すように問いかけると、フランシスはにいと笑った。

「お前はアンソンを気に入っているようだね。それは当然さ、だってかっこいいし誠実だし。でも彼の弱いところも、かわいいところも僕だけが知っていれば良い。お前みたいな身勝手で無責任な人間には覚えて欲しくない。……――だからさ、お前がやれよ」

言いつつ、杖を振りかざすフランシスに、私は即座につないでいた影を動かした。

私だって、ただ会話をしていたわけじゃない。ここは半分野外とはいえ、影はいくつもある。

動揺はあってもこういう襲撃のような修羅場は慣れているし、命を守るためには行動できた。

杖の扱い方からして、彼は戦うことに慣れていない。拘束できれば問題ない！

「……ご免っ！」

「ふうへ⁉」

だけど私がフランシスをとらえる前に、千草にどんと突き飛ばされた。

一体何で⁉　と思った瞬間、鈍い金属音が響く。

ちょうど私がいた場所にはサーベルが突き出されていて、それを受け止めているのは抜刀した千草の萩月(はぎづき)だ。

千草がサーベルを強くはじくと、ぶわっと空間がゆがみ、にじみ出るように、もう一人の侵入者が現れた。

目が覚めるような美しい藍色(あいいろ)の髪が舞い散る。そこではスレンダーな肢体にチャイナドレスに似た衣装を着た、十代前半の少女がサーベルを構えていた。

　けれど未成年の少女にしては眼差しに理性的で冷めた色があって、何よりこめかみには美しい山羊のような角が一対生えている。

　私は彼女の名前を知っていた。それは勇者達と出会い、共に歩むことになるはずの魔族の少女。

「アルマディナ⁉」

　思わず叫ぶと、二つの角を持った少女、アルマディナはく、と眉を顰めた。

「知らぬ人間に呼ばれる、というのも不愉快なものだな」

「人間には負けないって言ってたのに、奇襲に失敗するなんてね」

「私の隠形は、魔力の気配まで消し去るものだ。にもかかわらず『なにかが居る』だけであれほど警戒される中、ここまで近づいたのを褒めて欲しいくらいだ」

　フランシスが侮蔑の声をぶつけると、アルマディナはふんと鼻を鳴らす。

　ああだから、あれだけとにかく首を斬ろうとする千草が、即座にフランシスに飛びかからなかったのか。アルマディナが潜んでいるのを感じていたから！　千草は油断なく牽制しながらも、私に向かって申し訳なさそうにする。

「すまぬ、あの男が現れてから異様な気配があったゆえ、動けなんだ」

「むしろ助けてくれてありがとう！　全然わからなかった！」

　影を走らせていても、踏まれなきゃ察知できない。気づかなかった理由を理解した私は、千草へ全力でお礼を言いつつ、収まらない動揺をなだめようとしていた。

なんでアルマディナがフランシスと行動している？　どうしてプレイヤーと知っている？

……いや今考えたら駄目だ。だって彼らの殺気は収まっていない。考えすぎると動けなくなる。

サーベルを隙なく構えるアルマディナが息をつく。

「まあ良い。こうしてわかったのだ。以前誓ったとおり、協力しよう」

その瞬間、彼女の姿が消える。

重い金属音が再び響き、アルマディナのサーベルをいなした千草と激しい打ち合いが始まる。

魔族のアルマディナは千草より小柄だが、腕力は彼女以上にある。

速度重視の千草にとって、一撃一撃が重いはずだ。

「すまぬ、主殿、逃げられよ！」

アルマディナの斬撃をいなす千草に叫ばれて、私は即座にバルコニーへ向かった。

フランシスがしようとしていることはわからない。が、私に敵意を向けている以上、今の最優先事項は私の身の安全だ。千草の邪魔にならないようにするのが大事だ。

こういうときの逃走ルートは事前に確保しているんだい！

私が隣の部屋へ移るためにバルコニーに走り、けれど。抜き去るように現れたそれに、ぞっと背筋が凍った。

バルコニーの虚空に現れたのは、黒々とした闇だった。

私が操る影なんかとは全く違う。それは、絵の具をべったりと塗りたくったような黒だ。そこは負の情念がごった煮になったような禍々しさを放っている。

それは私がなじみたくない、と思いながらも向き合ってきたもの。

……——魔界の門だ。

のっぺりした泥のようなそこに波紋を広げて現れたのは、空の魔物ワイバーンだ。

その双眸は普通なら金色だ。しかし今は、理性や正気もないと感じさせる赤に濁っていた。

ワイバーンは生臭い息と共に、私へ牙を剥く。

やばい、対処できない。

固まりかけた私は、背後に強く引っ張られた。

燕尾の裾が視界でふわりと翻る。

そのまま立ち位置を入れ替えられ、ワイバーンの眉間に短剣が突き刺さる。

咆哮を上げてのたうつ巨体へ、さらに蹴撃を入れて門の中へ蹴り戻したのは、私の最推し。アルバートだった。

ワイバーンにやくざキックをかまして助けてくれた彼は、相当走ったのか、息を乱しながらタイを緩めている。

でもどこにも怪我がない様子の彼に、心底ほっとした私は叫んだ。

「アルバート超かっこいい！　ありがとう！」

「遅くなりました。ホテル近くに魔界の門が出現して、そちらに対処を回していたんです」

「なんだって、海岸じゃなく⁉」

「ええ、理由はわかりました」

油断なく構えつつ、アルバートがフランシスを見るのに、私も同じようにみつめる。

フランシスはいつの間にか、その手に持っていたトランクを開いていた。

中身は天球儀のような輪っかが、いくつも連なった器具だ。輪っかは魔力の光を帯びながら、ゆっくりと回っている。華奢で美しい光景だったけれども、起こしている現象はえげつない。

本来魔界の門は簡単に現れない。魔界と人間界の位相が偶然合った時に、開いてしまうもの。だがフランシスは、人為的に魔界の門を開く研究をしていた。それはつまり。

やんわりと微笑むフランシスは、トランクを素早く引く。

ざっくり床に刺さったのは、アルバートの短剣だ。

うっわ、行動が早いし思い切り良いなアルバート！

「まったく油断も隙もないね、その従者。これを壊したら門が暴走するとか思わないのかな？」

「一度開いた門は、聖女候補が浄化の魔法を使わない限り閉じない。開いた時点で、それの役目は終わっているだろう」

「うっわ。なんでそんなこと知ってるんだよ。しかもあれだけの足止めをくぐり抜けてくるなんて、お前人間じゃないね」

顔をしかめたフランシスの嫌みに、アルバートは表情一つ変えなかった。

けれど「あれだけの足止め」、という部分に私はぞっとする。これだけの騒ぎの中、駆けつけたのがアルバート一人だ。今回は私はかなりの戦闘要員を配置している。つまりは他の子は皆そちらにかかり切りになっている、ということでは。

私の耳に、バルコニーの下のお客さんがざわざわとしている声が聞こえてくる。

何せ小型とはいえ魔界の門だ。そのうえ、ワイバーンが暴れていれば自分達の頭上に目を向けるだろう。そもそも、門をそのままにしておけば再び魔物が現れる。

そう、今だって！

私がアルバートに抱えられて部屋の中へと退避すると同時、千草（ちくさ）が飛ぶ。今まさに魔界の門から出て来ようとするグリフィンへ、刃（やいば）を一閃（いっせん）した。

翼をもがれたグリフィンは、悲鳴を上げて地面へ落下していく。

とうとう祭り会場の人も気がついて、どっと悲鳴が響いた。

やばい、めちゃくちゃやばい。

「アルマディナっ」

「気安く名前を呼ぶな」

フランシスに声をかけられたアルマディナが、舌打ちをしながらも彼を俵担ぎにする。さらに素早い身のこなしでバルコニーの欄干へ立つ。

「おい、魔族が居るぞ！　あの魔族が魔界の門を……っ？」

「抱えられているのは仲間か⁉」

そんな声の中に、不思議とよく通る声が聞こえた。

「兄上⁉」

悲痛のこもった、信じられないとでも言うような、アンソンの声だ。

ああ、こっちは気づかないでくれ、来ないでくれと祈っていたのに！

わずかに肩を揺らしたフランシスだったが、そちらには一瞥もくれずトランクを抱える。

次いで私達に向けて、それはきれいに微笑んだ。

「起きる出来事がわかっているなら、僕はなにをしてでもアンソンを守ってみせる」

そうして、アルマディナはバルコニーから飛び降りる。

階下から悲鳴が響く。私達が追いかけようにも、あんな小さな魔界の門にもかかわらず、ぞくぞくとグリフィンが出てこようとしていた。

さらに海のほうからも騒ぎが起こる。

「か、海神様が現れたぞー⁉」

「みんな逃げろおおおおっ」

海から顔をもたげているのは巨大なウツボの魔物、海神様だった。

そうなんだよおおっ。手まりの音に惹かれて、本当に海神様が来ちゃうのが今回の水着イベのストーリーなんだ！　ネタバレすると、海中に魔界の門が開いたせいで暴走しているんだ。

これをユリアちゃんが浄化するのが結末だ。つまりここに開いている魔界の門まで手が回らない。

今フランシスを追えば、捕まえることができるだろう。でも、観客に甚大な被害が生じる。

みんなが楽しい、祭りの場で！

私は、断腸の思いで方針を決めた。

「ああもうっ！　アルバート、千草、私が魔界の門を閉じるまで牽制をお願い！」

「かしこまりました」

「うけたまわった」

ここで海神様以上の被害を出すわけにはいかないんだ！　たとえ尊厳が粉々になろうと！

私の願いにアルバートはすまし顔で、千草は獰猛に唇の端を上げる。それは私がめちゃくちゃ大好きな表情だ。千草は先行して飛び、バルコニーに降り立つグリフィンへ突っ込んで行く。

そして私は悲壮な覚悟で、ポケットから取り出して構えた。


「私！　全力で応援するので！　引かないでください‼」

……――ペンライト（二本）を。


あの、ペンライトである。ライブ会場でよく使われるようになった、というかほぼ必須アイテムとなっているあの光る棒である！

私が両手のペンライトに魔力を通したとたん、四方に散ろうとしていたグリフィン達がぐりん、と私へと注目する。暴走した魔物は、浄化の魔法に反応して優先的に狙ってくるのだ。

奴らは咆哮を上げて、私が下がっている部屋に押し入ろうとする。

千草がどんっと踏み出し跳躍した。その一足だけでグリフィンと同じ高さにまでたどり着く。

萩月が夏の日差しを照り返し、グリフィンとすれ違いざま、その翼が落とされた。

鮮やかな手際に、私のときめきゲージがぐんと上向く。無意識に、ペンライトを千草の金色に変

えていた。

きゃ――っ！　千草あぁっ！　かっこいいー！　首まで落として――――っ‼

心の中で歓声を上げながら、私は思い切りペンライトを振り回す。

もちろん顔より上では振らないぞ！　これマナーな！

もんどり打ってバルコニーに落ちたグリフィンだったが、再び立ち上がろうとする。しかし着地していた千草はそこを狙い、萩月で首を落とした。あざやか‼

私を食らうことで頭がいっぱいだったグリフィンだけど、一体がやられたことで標的を千草へ変える。そして凶悪なくちばしや鉤爪を振りかぶった。

千草は再び跳躍しながら一体の鉤爪を、体をひねってかわし、さらに蹴り飛ばす勢いで強引に距離をとる。が、宙を自由に駆るグリフィンは、縦横無尽に襲いかかってくる。

さらに、他のグリフィンが階下へと飛んでいこうとした矢先、その体に赤黒い鎖が巻き付いた。

私はもはや反射の域で、ペンライトを紫に変える。

それをした張本人であるアルバートは、鎖を持ったままぐんと踏ん張っている。

アルバートのブラッドウェポンんん‼　鎖ぃぃぃ！！！！

細い体からどんだけの力が出るんだというやつだ。けど、そうだアルバートは最強真祖の血を物にした、はちゃめちゃ強いダンピール様だよ！

不意を打たれたグリフィン達は、体勢を崩してその場にとどまるが、すぐに鎖を引きちぎる。

けど、千草にはこの間で十分だった。

床に降りていた千草が刀を構え、跳ぶ。

「兎速、乱れ跳び」

応戦よりも速く千草の体躯が跳ね、グリフィン達をたちまち屠っていく。

討ち漏らしかけたグリフィンは、アルバートが短剣を振り抜き倒した。

今日も今日とて、最強な千草とアルバートですよっ！　は――――かっこいい‼

そうすれば、二本のペンライトは私のテンションを反映するように、そりゃあもう見事に紫と金の光を湛えている。よっしゃこれでいけるな、いけるよね！

「アルバート！　いけそうだから耳ふさいで離れてて！」

「馬鹿言わないでください。多少離れてさしあげますが、第二波来ますよ」

あっさりと断じたアルバートが言っている間に、魔界の門から顔を出すのはキマイラだ。

うう畜生！　こうなったらキマイラが排除できるまで……。いいや浄化の最中は私めちゃくちゃ無防備だから無理だよ、わかってるじゃないかっ。

泣きそうになりながら、千草とアルバートを見つめる。

「わ、私がどんな醜態を晒してても許してよ、驚かないでね！」

「大丈夫です、今更あなたに幻滅しませんから」

アルバートはあっさり言うけれど、これからやることは本来一般人には晒さないものなんだよ。他人様に見えないルーフバルコニーでも、声が通っちゃうかもしれなくて恐怖しかないんだよう！

「よ、よくはわからないが拙者も気にせぬ！」

グリフィンを牽制する千草にまでそう言われてしまえば、私も覚悟するしかない。

「お、推しの危機に、私の尊厳なんて些細なことなんだ……！」

「かように重たいものなのか⁉」

千草の驚きの声が響いたけど、息を吸って吐いた私は、悲壮な思いで気合いを入れて、すちゃっと魔力を溜めに溜めたペンライト二本を構える。

魔界の門は、はっきり言うとそばに居るだけで気が滅入りそうな気配を発していた。

ここから溢れてくる瘴気と呼ばれているものが、すべての元凶なわけで。

私達聖女候補と聖女は、それを無効化、排除できる魔法の使い手だ。その魔法を特別に「浄化」と呼んでいるんだが、個人個人でその方法は違う。

聖女ユリアちゃんは大粒の魔晶石のはまったペンダントを使う。そりゃあもう演出スキップなんてできない、美しいエフェクト付きのかっちょいい魔法なんだ。

くっそう、今日もユリアちゃんが海に向けてやってるんだろうな、生で見たかった！

嘆きつつ私はぴかぴか光るペンライトを、向こう側も見通せない闇の先へ突きつけた。

さあ、覚悟決めろ。ここからは集中切らしたら失敗するし、これからすることに脇見をするなんてあり得ないんだから。

瞼の裏へ鮮やかに浮かぶのは、千草とアルバートの勇姿だ。そして私は大きく息を吸い。

叫んだ。

「まず千草がアルマディナの斬撃を受け止めた瞬間やばかったよね。ねえ姿見えなかったよ？　気配しなかったよ？　なのに全神経集中させて私のこと守ってくれたんだよ、ときめかないわけありませんよね⁉」

「っ⁉」

　視界の端でうさ耳が揺れた気がしたけど、テンションが上がっている私はさらに熱を込める。

「そこからの応酬なんて全然見えなかった！　けど萩月がほんと美しくきらめいてて、なにより千草が輝いてて、やべえ状況なのに滾らずにはいられなかったよ、ごめんね！　その後のグリフィン戦とか一体どうなってるの？　飛ぶ敵に対しては私の影も無力ですしどうしようと思ったのに、まさか跳ぶなんて思わないじゃないですか！　何あの跳躍力すごくない？　垂直跳びだけで刃を届かせるってやばくない？　しかも空中で蹴り飛ばして体の向き変えるとかっ。もはや超人的な身体能力だよね、いや兎族の人だった超人だったぱねえ」

　ここで息継ぎ、忘れるなんてあり得ない！

「そこで来るアルバートのサポートですよ、磨きかかってません？　ブラッドウェポンの幅が広がっていたことは知っていたけどさ。投擲だけじゃなくて空中で操れるまでになっていたなんて！　華麗な鎖さばきは見物だったよね⁉　涼しい顔で、あれだけの本数を途切れさせずに操り抜くって神業じゃない？　その上幻惑の魔法を使いこなして相手を足止めしてるんでしょ。器用すぎない？　だから『暗殺者#とは』なんて揶揄されちゃうけど、愛されてたんですよ愛してますよ。それでもゲーム時代より完璧さ増してるよね？　ワイバーンだってこれ無理！　って思った瞬間に華麗に現れてくれちゃってさ⁉　眉間串刺しの上にやくざキックって、乱暴さのギャップにもはや惚れ直すしかないよねっ。そもそもアルバートと鎖の組み合わせの良さね。アルバートから生み出される鎖、ってだけでときめくしかないじゃん。縛られる敵がうらやましく」

「……さすがにやりませんよ？」

「ちょっと言いすぎた忘れてっ」

いや無残に括られるなら本望だけど、今話はややこしくしません！

耳ざとく聞いていたアルバートに顔を真っ赤にして言い返した私は、どんな闇でも照らしそうなほどまばゆい光を放つペンライトを掲げる。

「だから！　推しは！　尊いのよ‼」

そして、魔界の門に向けて思いっきり振り抜いた。

私の「想いの力」に呼応して増幅された魔力が、魔界の門を包み込む。

どこか、紫と金を帯びた光がうごめく闇を縛め、消し去った。

光が散った後にはもう魔界の門はない。ただの青空があるだけだ。

はい、これが私の浄化方法です。ふざけてません、本当にこれが浄化なんです。

この世界の魔法……特に浄化の魔法は強い意志の力というものが必要でしてね。誰かを守りたい、この人に勝ちたい、そういう強い想いが魔法の効力を高めるんですよ。

それでも悪徳姫時代はね、普通にやってたんですよ。いつも持ってるステッキみたいなやつで、わりと聖女っぽく。ただどうにも使いづらいというか、全力が出せない気配がしましてね……。

そんな時、試作したペンライトを振って撮り溜めた映像鑑賞で発散している私を見て、アルバートが気づいたんだよ。

私が推しに興奮してるときに、魔力がすごく効率よく回っていることに。

いろいろ試した結果、ペンラの光る部分に魔晶石を詰め込んで杖にして、推しの萌えを語る最中が一番魔法が強く使えることがわかりまして。

というわけで、ペンラを振りつつ推しを語る。という、ぶっちゃけ推しには絶対見せたくないスタイルが確立されてしまったのだった。エモシオンファンタジーは「想いの力で世界を救う」わけで、けして萌えが力になる世界じゃなかったんだけどなあ……。

にしても今日のアルバートと千草も尊かった。……けど、くらくらする。

浄化をした後って、全力で号泣した時みたいに魔力やら気力やらをごっそりもって行かれるんだよな。これやった後、全力疾走で逃げられるユリアちゃんはやっぱり異次元なんだよ。

すべてを出しきった満足感に浸りながらも、私が膝に手をついてぜーはーしていると、キマイラを片付けたアルバートがやってきた。

「お疲れ様でした。動けそうですか。今すぐ退避が必要です」

「なん、とか。あの子達の応援にも行かなきゃ」

魔界の門はユリアちゃんが処理をするものの他に、もう一つ開いているのだ。私がなんとかしなきゃ。

私がふらふら歩きかけたのを、アルバートに支えられた。

「いえ、その前に千草をお願いします」

「えっ千草がどうしたの⁉」

　グリフィンもキマイラも中級のおいしい素材狩りの印象しかなかった。千草の様子からして、問題なさそうだなーとか思っていたんだけど怪我とかしてた⁉

　私が慌てて首を巡らせると、千草はバルコニーの隅っこで頭を抱えてしゃがみ込んでいた。

　あの千草があんな風に体を縮こまらせるなんて一大事じゃないか。まさか魔界の門に影響されたとかじゃないよね。

「千草大丈夫⁉　傷負ったんなら応急処置するし、苦しかったら言って！　門の近くに居たせいかもしれないから」

　焦った私がそばに近寄って気遣うと、ぱっと顔を上げた千草の顔は真っ赤だった。

　健康的な肌が色づき桜色の唇が震える様は、いつもの凜々しさとは打って変わった様子である。

「い、いやその、だい、だいじょうぶでござる……」

　千草はしどろもどろに言うけれど、全然大丈夫じゃないように見えるけれども。

　お、およ？　私は面食らう。

　ふみ、と頭頂部のうさ耳を押さえていた千草は、目をそらしながらおずおずと言う。

「かように褒められ慣れておらぬゆえ、少々動揺しもうした。戦の最中に心を乱すなど恥ずかしい」

　え、全部聞こえていた、ですと。

　そ、そうだ。なるべく早口で聞き取れないようにしてたけど、千草が耳が良いこと忘れてたし、なにより。

目元を赤らめて、へにょんとうさ耳を伏せて恥ずかしがる千草は、さいっこうにかわいい。

けれども、推しにすべて欲望をダダ漏れさせていたことと相まって、情報過多で意識が飛んだ。

「全部聞こえてましたかごめんなさいちょっと首くくってきます」

戦闘の邪魔をしちゃうなんてうあああもうごめえええん！　かわいい尊いめっちゃかわいい！

でもやっぱり、家でもライブ会場でもない場所でペンライトを振るなんて駄目なんだー！

どこかに縄はありませんかー‼

「主殿乱心はやめられよ！　拙者の修行不足でござるゆえ！」

「それでも推しの邪魔をしちゃったなんて自分が許せないんですー！」

私が自分の羞恥に耐えられなくなって錯乱するのを、千草に羽交い締めにされて止められる。

うわあああん、放して――――！　だけどさすが超攻撃型、ぜんっぜん振り払える気配がない！

そんな私を予定調和と言わんばかりに平然としているアルバートが、戦闘で荒れた身なりを整えながらさらりと言った。

「千草、そのままエルア様を担げ。移動するぞ。浄化がばれるのはまずい」

「あ、あいわかった」

そうして私は、なんだか色んなものを失った気がしつつ。

謎と問題を抱えながらも、波乱の「豊穣の海神祭り」を後にしたのだった。

第四章　推しには（情緒を）殺されるもの

豊穣の海神祭りの数日後、私とアルバートはコルトヴィアの秘密クラブを訪れていた。

いつもの個室で、コルトヴィアは今日もちょっと露出高めな美しいサマードレスを身にまとっている。淡い金色の髪も艶やかで大変に麗しいけれども、その表情はあまり優れない。

そりゃそうだ、だって彼女が関与した祭りが最後まで完遂されたとはいえ、大いに水を差されたのだから。

「豊穣の海神祭りでは、海からは海神の化身が現れ、魔界の門が三つも出現したわけだが。君の筋書き通り、海神の化身によって魔界の門が現れた、と情報誘導はおおむね成功した」

「手間をかけたわコルト。わがままを聞いてくれてありがとう」

「いいや、ＶＩＰである君を、危険にさらしたことを不問にしてもらう対価としては安いくらいだ。我らに対する非難もかわせた」

あの後、ユリアちゃんとリヒトくんの活躍によって、海神の化身である大ウツボは倒された。私が魔界の門を閉じたのも、コルトの情報操作で「ＶＩＰが連れてきていた聖女候補が対処した」ということになっている。

私の正体がばれるわけにはいかなかったから、正直大変助かった。無事に水着イベントも終了できたから、お祭りを開催した目的は果たせたし。

とはいえ、新たに起きた問題は無視できないほど深刻だ。

コルトは険しい表情で続ける。

「情報紙はこぞって魔界の門を出現させたとおぼしき男と、魔族の女が一体何者なのかと書き立てている。あんな騒ぎで死者が出なかったことが奇跡だが、私の家族には重傷者も出ているんだ。あの二人は、必ず報いを受けさせる」

その水色の瞳(ひとみ)には、燃えるような怒りがあった。コルトにとっては、大事な家族を害された出来事だ。当然の反応だった。

「そう、かあ」

あの後、フランシスとアルマディナは、完全に行方(ゆくえ)をくらませていた。おかげでイストワ国は、天地がひっくり返ったような大騒ぎだ。

魔界の貴族、魔族が現れたのなら、どこかに魔族が通れるほどの巨大な門がある可能性が高い。一刻も早く見つけ出さなければいけない、とイストワ政府は血眼(ちまなこ)になっている。

しかも、「人間」が魔族に協力しているという目撃談から動揺が広がっていると、私の部下達からも報告が上がっていた。

ユリアちゃんとリヒトくんはイストワ政府に引き留められて、魔族の捜索に加わっている。

それも当然だ。魔族のイメージは、吸血鬼の真祖ヴラド・シャグランのような残虐残忍な存在というのが一般的だ。魔族はそれだけ脅威とされているのだ。

……脅威と、されているんだけれど。私が悩んでいると、コルトが私をじっと見つめていた。

「君達は、例の二人組と遭遇したのだよな。あいつらに対して、心当たりは本当にないんだな」

「私も探しているけど、よくわかっていないわ」

「……あのアンソン・レイヴンウッドが、ずいぶんふさぎ込んでいる様子だと聞いたが」

「そうみたいね。……私も一刻も早くなんとかしてあげたい」

神妙に答えると、しばらく探るように見つめられたが、彼女はひとまず納得してくれたようだ。

「そういうことにしておいてやるさ。魔族が現れた影響か、魔物の出現も多くなっていてね。私はそちらにも手が割かれている。見逃す気はないが、少々後手に回っているのは確かだ」

「私も情報はなるべく密にやりとりするつもりよ。了解取れたら、千草の出向も増やすわね。だから、引き続きお願い」

コルトに少し疑惑を向けられたが、実際、私は嘘は言っていない。こちらも彼らの動向はつかめていないし、目的も不明だ。

ただ彼は私がプレイヤーだと知っていた。そして彼の目的がわかっているくらいなものだ。

屋敷の私室に戻った私は、空良に手伝ってもらいながら窮屈なドレススーツを脱ぐ。

外出用と家用の服って違うんだ。箔とか貫禄をつける点でも大事だから、面倒でもやるけれども。

魔界の門が集中的に開いたせいか、最近、活性化している魔物の被害が増えていた。私の商会もそれなりに影響があり、対処を話し合うための会合に連日出席していたのだ。着替えることさえおっくうだし、なにより心底疲れている。睡眠時間はかろうじて確保しているけど、しんどい。

部屋着になって人心地ついた私は、ソファに身を預けながら空良をぼんやり眺めた。

ロシアンブルーのような青みがかった灰色の髪に、猫耳がある彼女は私のメイドさんだ。どこかゆったりとした身のこなしにもかかわらず、テキパキと立ち回ってくれる良い子である。

ほら今も、暗色のメイド服から見え隠れするしっぽが揺れている。ああ良いなあ。かあいいなぁ。

「空良さぁん」

「んー？　あー」

我ながら泥のような声で呼びかける。脱いだ服の手入れをしていた空良は、こちらを見るとあーと理解した生ぬるい顔になった。近づいてくると、私の隣に座って両手を広げてくれる。

「はい、どーぞ」

「うー……」

私は遠慮なく、その腕に飛び込んだ。そして空良の、さらさらとした髪と猫耳とぬくもりを堪能する。髪と耳では毛の色は一緒だけど、さわり心地が違うんだ。女の子の柔らかい感触には癒やされる。ふえっ、しかも頭よしよしまでしてくれるの⁉　空良さん聖母ぉ……。

私が心のなにかが充填される心地に身を任せていると、扉がノックされる。

「エルア様、俺です」

「はあい、どうぞー」

入ってきたアルバートは、ソファで、ぐりぐり空良にひっつく私に少し驚いた顔をする。けれどすぐに小さく息をついた。

「限界を迎えていらっしゃいましたか」

「まあ、エルア様、ここんところ忙しかったですからねー」

「……ありがとう、いやされた……」

ぽんぽんと空良にぞんざいに撫でられて復活した私は身を起こす。慣れたものである空良は腰を下ろしていたソファからあっさりと立ち上がったが、首をかしげた。

「エルア様も変ですねー。あたしによしよしされるだけで癒やされるなんて。んならアルバートさんにしてもらった方が良いんじゃないですかー」

なにをおっしゃるんですか、空良さん？　ぎょっとした私はまごまご言い返す。

「よ、よしよしはちょっと……。そもそも推しにお願いして触ってもらうなんてハードルが高いといいますか。こう、空良は家族枠だからできるわけで」

「おっとぉ、思わぬ被弾が来ましたねぇー」

空良は空色の瞳をぱちくりとさせたあと、頬を若干赤らめた。けど、ここは微妙で大事な違いなので、私はぴっと指を立てて語った。

「そもそも、ツボが違うのよ。アルバートはなんというか居るだけで、血圧上がって興奮してテンション上がるの。もちろんそれでぐっと上向くし、元気にはなる。だけど癒やしとは違うわ」

心臓が持たないどころかうっかり心肺停止するから不適切なんだ。言わばカンフル剤的な。

「ふむふむ。アルバートさんだと、疲れ切ったエルア様には刺激が強すぎると」

「その通りです。空良はじんわり染みるような居心地の良さをくれるのよ」

「なるほどぉ。まあ、そこら辺にしときましょーか。アルバートさんがさすがにかわいそーですし」

かわいそう？　何が？

けど、やんわりと笑った空良は、私の疑問符に気づいていただろうに何も言わない。それどころか、てきぱきとドレスを抱えた彼女は、失礼しまーすと去って行った。

なんだったんだ。と私がソファに背中を預けると、テーブルに置かれたのは、グラスに入れられたアイスティーだ。グラスにうっすらと結露が浮かんでいて、涼しげである。

それを置いたアルバートは、私の傍らでテーブルに置きっ放しの資料を整えながら聞いてきた。

「進捗はいかがですか」

「魔物の被害に関しては、これまで以上に部隊の子達に負担をかけるけど対処できそうでしょ。他の商会も、リソデアグアの領主も協力的だし。ただ、物資の売り渋りが出そうな気配がしているから、なんとかしたいところだけども……」

魔物に遭遇するのが怖いと、商人達が保守的になってしまい、結果的に流通が滞りかけているのだ。大手の商会と契約している行商人はともかく、独立している商人達までは難しい。まあ、大手がアピールしていくのが一番の対処法だろう。

「エルア様」

アルバートに強めに呼ばれた私は、しぶしぶ商売関係の書類を片付けた。

そしてあっちの……エモシオンストーリーの考察資料を取り出す。

私だって、現実逃避だってことはわかっているんだい。

「あれから精査しているんだけど、疑問点は三つ。一つ、フランシスがなぜプレイヤーのことを知っていたか。二つ、なぜアルマディナと行動しているのか、三つ、彼は何を目的としているか」

私がゲームとして遊んでいた頃、シナリオの感想や、勝手な展望を語ったり読んだりするのは大変楽しかった。だがそれは、あくまで遊びの範囲で、実際に予測できることなんて滅多になかった。あ、でもささやかな背景やアクセサリーや衣装で、がんがん暗喩を入れてくる運営さんには萌え殺されたな。

というわけで、私は本来こういう分析を得意としていない。

でも、手がかりと言えば考察ノートくらいしかないのだ。ここ数日、時間が空けば手応えのない確認作業にいそしんでいた。だからせっかく無事だったカメラで撮っていた、ユリアちゃんとリヒトくん達のウツボ退治をこれっぽっちも楽しめていないのだ。

今だってアルバートが、手袋をした指をあごに当てて思案する仕草も、ちょっとしか萌えられない。萌えが鈍い。ゆゆしき事態だ。

「私がはじめからプレイヤーだってわかっていたんなら、門の研究に参加していた時から敵意を持っていてもおかしくない。けどフランシスは『今』私のことをそう呼んだ。つまり追放された後に、その概念を知ったことになる」

「あなたは、彼自身がプレイヤーだと思わないのですか。あれほどアンソンに対して執着している姿は、あなたの姿勢と限りなく近いと感じられますが」

「可能性は限りなく低いと思ってる。だって、あなたと千草に反応しなかった」

そう、勇者……ゲームプレイヤーならすべて、とは行かなくとも大半のキャラクターの顔は見覚えているはずだ。その中でも千草とアルバートはレア度が高く、ユーザーの間ではことあるごとにネタにされていた。だから名前を覚えていなくても、プレイアブルキャラだとわかるはず。

けど彼が反応したのは私だけ。「エルディア・ユクレール」だけなのだ。

「特にあなたは、元キャラからめちゃくちゃ変わってる。だから勇者をやってた人なら、絶対に反応するわ。あの一匹狼のアルバートが、かいがいしく執事やってるのよ？　私の曇りきった欲目を抜いても、絶対『なんで？？？』ってなる」

「曇りきった欲目があることは、自覚されているんですね」

アルバートはもはや諦観の目をしたけど、手元に持った資料を下ろしてこちらを見る。

「俺も考えていたんです。一つ、可能性があるとすれば、ですが。何らかの形でキャラクターがあなたと同じ記憶を覚えていた、ということは考えられませんか」

「ん？　どういう意味」

私が先を促すと、アルバートが持っていた紙……私が書き起こした、フランシスとアルマディナの発言を指し示す。

頭は吹っ飛んでいたけれども、それでもヲタクの習性で、覚えている限りの発言を記録していたのだ。感想は忘れるものだから、悲鳴は新鮮なうちに書いて残すのが癖になっていた。おかげで、気がついたら正確に書き記していたよね。ぶっちゃけ現実逃避だったんだろう。

「こちら、『質問に答える義理がある？　自分が生き残りたいからって、他の人間を平気で死地に追いやるような人間に？』とあります。あなたがアンソンを殺すととらえている」

「そんなことないのに……」

早くも胸が痛くなって半泣きになっている私に対し、アルバートはさらに続けた。

「そして次、『お前はあの子が好きだって言ったけど、ならなんであんな過酷な運命を背負わせるんだい。何度も何度も何度もあの子を殺して！』。何度も殺す、なんて言葉は通常の人生ではあり得ません。けれど、ゲームの側面を知っているあなたなら、心当たりがあるのでは」

私だってそんなループ物みたいなことなんて心当たり……と考えたところであ、と目を見開く。

「コンティニュー⁉」

自分の発想がにわかに信じられなかったが、アルバートは肯定するように頷いた。

「ストーリーを進めるために、何度も試行錯誤をし、敗北してもやり直す、ということをされたそうですね。もしですが、実際の人間が体験し、それを覚えていたとすればこの発言になるでしょう」

「そんなゲームみたいなことありうる……？」

「ゲームで……遊戯から俺を知ったと言ったのはあなたですよ」

そりゃそうだけど、私は驚きがさめなかった。

私が「エルディア・ユクレール」になっているからには、他の人間も似た事態になる可能性は考えた。でも、これは、受け入れるには大きすぎる。

私だって、ゲームははじめから強かったわけじゃない。レベルが足りなければ鍛え直し、パーティの組み合わせを変えて何度もやり直して、攻略に挑んだものだ。だってストーリーを追うごとに、どこの高難易度クエストだっていう敵編成の連続だったんだ。自然とそうなる。その試行錯誤の数なんて覚えていない。

それに、その理論で行くならアルバートも……。私が青ざめると、思考を読んだようにアルバートは肩をすくめた。

「あいにく、俺にそのような記憶はありません」

「そう、よね、そんなループ物みたいなことそうそうあっちゃ困るわ。だ、だけどフランシスが戦闘に参加する機会は、ほぼないのよ」

「アンソンが居ます。それなら、俺が感じていた違和にも説明がつく」

「それはもしかして、今まで私が問い詰めなかったこと？」

瞬いて見つめ返すと、ひとまず紙を置いたアルバートが言った。

「ずっと疑問だったんですよ。アンソンは、ウィリアムと共に出会った瞬間から、エルディアに対して敵意を持っていました。あなたの態度は、完璧だったにもかかわらずです」

「えっ、そうだったの⁉」

だって、アンソンいつもあんな感じだったから！　アルバートは若干呆れた表情になる。

「そうですよ、あなたへの態度以外は、単細ぼ……直情的ではあるものの、騎士らしい振る舞いが崩れません。だからただ単に潔癖な可能性も考えて、あの夜俺が誘惑しても、誠実な態度は変わらなかった。つまりアンソンが嫌っているのは、『エルディア・ユクレール』だけです」

「この間の口説き文句は、その確認だったのね」

やっと納得できた私に、アルバートが頷きつつ続けた。

「その理由が、アンソンがゲームのストーリー、あるいはそれに準じた記憶を覚えていたこと。おかげで、無意識のうちにエルディアが裏切るとわかっていたから、それが敵意となって現れていたのではありませんか」

「それは、ものすごくファンタジーな考えね」

「ええ、荒唐無稽(こうとうむけい)な話だと自分でも思います。ですが俺は、違う世界からやってきた、この世界の結末を知るあなた、という前例を知っています。『あり得ない』という考えを排するべきです」

「本当に、その通りね……」

相づちを打った私は、アルバートの仮説がどんどんはまっていくのを感じた。

アンソン・レイヴンウッドは、サービス開始時から実装されているキャラクターだ。ゲームを進めれば、レア度は低くとも必ず手に入る確定キャラでもある。

性能と使い勝手の良さから、多くのプレイヤーが育てたことだろう。それは別の言い方をすれば、最も試行錯誤に費やされているキャラなのだ。

ゲーム内で、敗北は「撤退」と表現されていた。けれど、この世界ではその撤退の結末がもしあったらなんて正直考えたくはない。

私だってゲーム内で初見クリアできたことなんて、序盤の序盤くらいしかないいんだからな。

うっやば、がっつり想像できてしまって泣きそうになってきた。

ぎゅう、と膝(ひざ)で手を握るが、アルバートは表情を緩めていた。

「あなたが気に病む必要はありませんし、俺は覚えていません。アンソンのほうも、今までの態度からして、鮮明に覚えている可能性のほうが低いと考えていますから」

「うう、アルバートが優しい……」

「事実を言っているだけです。そもそも、俺に記憶があったら、あなたが初めてゲームの話をしたときに疑うわけがないでしょう」

ああ、それもそうでしたね。アルバートは自分で私の言葉と態度をいぶかしんで問い詰めてきた。それでも、私が白状した話を鵜呑(うの)みにできずにしばらく悩んでたもの。

あんなうろたえたアルバートは初めてで、美味(おい)しいと思うと同時に申し訳なかったものだ。

「それに問題は解決していませんよ。これはフランシスがゲーム内から変質して、アンソンを過剰に守ろうとしている動機になります。が、『プレイヤー』を知っていた説明にはなり得ません」

「いいや、今回は単語をどこで知ったかはおいといて良い。問題は、フランシスがどうやってアンソンを守ろうとしてるかよ」

私が言うと、アルバートはこちらを見つめてくる。

「その表情は心当たりができましたね」

「うん。フランシスが、アンソンを通じて断片的にでもストーリーの展開を知っているなら、きっと思い当たる。起きる出来事がわかっているなら、何をしてでもアンソンを守ってみせる、って言ってた。そして今の時期なら、めちゃくちゃ効果的な転換点がある」

私は書き溜めた、エモシオンシナリオノートの一ページを指差した。

「第一王子の王位継承。この前に第一王子を暗殺すれば、全部がひっくり返るわ」

エモシオンストーリー二章の王城魔物襲撃の後、フェデリーの国王は代替わりする。

まあ、秘密裏にやっていた実験が実験だったし、魔界の門の影響とはいえ乱心した王を続投させるわけにもいかない。

その結果、第一王子のヘンリーが王位を継ぎ、ウィリアムは本格的に魔界の門対策を任される。

「ソシャゲのストーリー展開の都合上、だいぶはしょられていたけど、話はこんなところよ。でもユーザーの中ではよく考察されてたの。『魔界の門を閉じた功績のあるウィリアムが、王位を継ぐ可能性はなかったのか』って」

第一王子ヘンリーは、国王の名代として、様々な政策を進めるくらいには有能な人物、と描写されていた。けれど派手に武威を示すウィリアムと比較すると、影が薄い。

実際に、国内の派閥もそれなりに割れているから、こういう話が出やすかった。

アルバートは瞬きながらも、納得した様子で顎に指をかけて腕を組む。

「派手に喧伝されやすい英雄譚を好む世論の中で、欲を掻く馬鹿どもを押さえ込み、無用な争いを引き起こさなかった。腹立たしくはありますが、ウィリアムは為政者としても優秀になりうるとは想像が付きます」

「そのとおり。私がこの世界で実際に聞いたところでも、甘い汁を吸いたい貴族の中にはウィリアムを王位に推す声もあった。んでそんな彼らの間ではウィリアムが王位につけば、側近のアンソンは必ず彼のそばにつくって考えられていた。それならフランシスもそう考えるはず」

「アンソンを物理的に危険から遠ざけるため、ウィリアムごと王城に縛り付けてしまえば良い。手っ取り早く王位継承権を移すために、第一王子を暗殺する、ということですか」

自分で補足したアルバートは、心底呆れ顔になった。

「弟を勇者から引きはがすためだけに、よくもまあ、それだけ大それたことを考えるものですね」

「ははは、たぶんフランシスはストーリーの断片しか知らないんでしょう。なのにアンソンがどんどんストーリー通りに進んでいくことに焦ったんだと思うよ」

私も覚えがある。悪い展開ほど私がどんなに手を尽くしても避けられない。必ず、何らかのかたちで起きてしまう。ひるんでいたら始まらない。怯(おび)えていたら変えられない。それなら、こちらから積極的に干渉していくしかないのだ。

フランシスは確実に私よりも情報が少ない中、大事な人を守ろうとしているんだからあっぱれだ。

「フランシスが大事なのはアンソンだけだわ。ストーリーを変えることにためらいがない。その覚悟はアンソンに辛辣(しんらつ)にしてまで遠ざけたことからも、魔族と手を組んだことからもよくわかる」

彼が、アンソンが騎士になるのに反対したのも腑(ふ)に落ちる。騎士になれば、ウィリアム付きになり、勇者と関わるとわかっていたからだ。

好きな人を守るために、あえて嫌われて死地に赴く。二次でよく見た展開だし、何よりそう考えると、フランシスの言動に納得できる。

アンソンに対する想いが、だいぶ重めで行きすぎている感じはある。だが、それは私もどっこいどっこいだ。だから推しには幸せになってもらいたい、という気持ちはよくわかった。

　彼の想いに負けない必要がある。ふ、と息をついた私は、自分の心に気合いを入れた。

「だから、私もそれくらいの気概でかかるよ。なんて言ったって私は悪党だもの！」

　胸を張ると、アルバートが眉を寄せていた。

「ではアンソンにお前の兄が魔物を操り、国家転覆を謀ろうとしていると教えてやりますか。それが一番簡潔にことが収まります」

「そんなことしたらアンソンの心が死ぬでしょ、却下！」

　確かに一時的に本編ストーリー通り進めるだけなら、それでいいだろう。

　だけど、そうすればアンソンは兄を罪人としてさばかなくちゃいけなくなる。それに身内に罪人を出した者が、ウィリアムの側近として生きて行けるか。ウィリアムが許しても、アンソンの騎士としての責任とプライドが許さないだろう。

　さらに尋問のさなか、万が一フランシスの真意を聞いたら、アンソンは立ち直れなくなる。

　もうどこからどう考えてもバッドエンド不可避なんだよ！

　一見して手詰まりに思える。でも、私は彼らの意思を間近で見ていた。だから私は知っている。アンソンがどんな想いで勇者達と共にいるか。そこが突破口になるはずだ。

「フランシスを説得する方法は、ある。問題は彼が起こした事態をどう収拾付けるかだわ」

「アンソンが沈黙しているため、二人組の片割れがフランシスだと知られてはいません。しかし、すでに指名手配されています。何かしらの落とし所が必要かと」

「なら、悪役が別にいれば良い」

アルバートは紫の目を見開いた。私は拳を小さく握って覚悟を決める。

「もう、ストーリー通り進めるのはあきらめる。要はつじつまが合えば良いのよ。本来フランシスは悪役になる必要なんてない。……悪徳姫である私が、全部、引き受けるわ」

「まさか、あなたが矢面に立つ、と」

眉を寄せるアルバートに、私はにっと笑ってみせる。大丈夫大丈夫、しっかり笑えている。

「全部フランシスがやったと言われるより、悪徳姫に脅されてやるしかなかったってことにした方がよほど信憑性があるでしょう?」

悪徳姫エルディア・ユクレールは、ストーリー上も現実も「行方不明」とされている。だから今みたいに死んだふりでもかまわないし、どこで暗躍していてもおかしくはない。

自身への仕打ちに激怒して、国家転覆をもくろんだ。なんて、世間的には最高にわかりやすく飛びつきやすいんじゃないかな?

「フランシスの説得は、アンソンの本当の気持ちを知ればなんとかなるはず。後は残った反逆罪の処遇よ。立ち消えにはできないから、実在不確かな『私』に全部ひっかぶせてくれれば良い。なんなら私が彼らの前に顔を出せば一発で……」

「アンソンにあれだけの仕打ちをされておきながら、なぜそこまでするんです」

久々の悪役としての大舞台だ、張り切っちゃうぞぉ!

と、考えていると、険しい顔のアルバートに問いかけられた。

んんん？　それ聞いちゃう？　言葉を間違えた、とか思っても遅いぞアルバート！

もはや条件反射の勢いで推し語りする気満々だったけど、そういえば、このあたり詳しく語ったことはないな？　我に返った私は、ちょっとだけ照れ笑いに変えた。

「エルディアとしての振る舞いは、私が望んでやっていたからよ。それで彼らがエルディアを嫌うのなら、それは意図した結果で歓迎すべきことなわけ。彼らに迷惑がかからない限り推したいし、彼らが幸せなら私も幸せなんだよ」

「彼らのためになるなら、自分が嫌われてもかまわない、と？　今回も？」

「まあそういうこと。彼らのためになることなら、なんでもするよ」

フランシスの『お前達が世界を救えば良いじゃないか』という言葉が胸に残っている。

そう、できるなら代わってあげたかった。けれどどう頑張ったって、この世界は勇者と聖女にしか救えないんだ。だから私は自分ができることを精一杯する。少し苦しいくらいなんてことない。

すべてはあの子達のためにね！　気合いを入れ直した私は、頭の中で練り上げた方針を語った。

「相手の狙いがわかれば先回りもできるわね。第一王子もフェデリー郊外の視察に回されていて、狙いやすい状況下のはず。紙とペンをくれるかしら。今からやるべき流れを」

「エルア様」

私がうちの子達に指示しやすいよう、これからの計画を書き出そうとしたが、遮るようにアルバートに呼ばれた。

その声が低い気がしてあれ、と思う。

どうしたの、という問いかけが、声になる前に視界が回った。

ぽすんと、背中がクッションに受け止められ、顔に影がかかって異常に気づく。

見上げると、黒髪がゆるりとカーテンのように流れて陰になった、紫の瞳（ひとみ）に見下ろされている。

……――アルバートに押し倒されたのだ。


カラン、とアイスティーの氷が溶けて崩れた音で、私は我に返る。

同時にぶわりと脳内が大混乱の渦に陥った。

えっ、あ、え？？？　何この状況。アルバートが上にいる⁉　あいいいえええなんで？　何でなの？　というか不意打ちだったのに、頭も背中も全然痛くないんだけど。あそっか、アルバートが手を頭の後ろに回して調整してくれたのかー。そっかなるほどさすがだなあ……ってつまり抱きしめられてるも同然なのでは⁉　うわあぁぁ近い良い匂（にお）いするまつげ長いやべえ、肌きれいだし顔が良い！

人は混乱すると、一切の論理的な思考ができなくなるのだ。

「あっ、え、どどどう……？　ひぃっ⁉」

マジうろたえの私が、それでもどうにか理由を問おうとした。けど、アルバートの指が私の頬をなぞってきてそれも止まる。

手袋越しの微（かす）かな感触なのに、背筋にぞくぞくとしびれのような感覚が這（は）い上がってきた。

その仕草は、有り体に言うんなら恐ろしく意図的だ。

けれどそれをしているアルバートの顔から、なんの感情も読み取れない。

「彼らのためなら……つまり推しのためならなんでもする。と言いましたね」

「い、言ったけど」

普段から割と語っていることなのに、なんで急に確認するんだ？

内心首をかしげながらもアルバートから感じる妙な威圧感に口をつぐむ。

彼が紫の目をすう、と細める。

「俺が望めば、なんでもする？」

「それこそもちろん？」

するりとこぼしたとたん、ぶつん、となにかが弾ける音がして、胸元が外気にさらされる。

ボタンを引きちぎられたのだ、と一拍遅れて気づいた。あらわになった首筋に、真っ赤になった
私がとっさに服を寄せようとしたが、その手は強く握りこまれて阻まれる。

それだけ強引にことを進めたアルバートは、にもかかわらず淡々と告げるのだ。

「喉が渇きました」

ようやく、気づいた。彼の瞳に揺らぐのは、ほの暗い感情。

アルバートは怒っているのだ。

私が何かを言う前に、彼は首筋に牙を突き立てた。

普段、アルバートは私が許可する前に口をつけることはない。それが従者の一線だ、とでもいう

ように、ずっと徹底されていた、のに。

ぶつりと、牙が肌を突き破るのと同時に灼熱(しゃくねつ)の痛みが襲いかかる。

いつもならアルバートは、私が極力痛くないよう暗示をかけながら、徐々に牙を深くしていく。

それを、一気に食事ができる深さにまで突き立てたのだ。

「痛い、アルっ……⁉」

私から漏れた動揺の声を、アルバートは無視する。じんじんと主張する傷口から、溢(あふ)れた血を啜(すす)られた。反射的に足をばたつかせても、彼に器用に体勢を変えて押さえ込まれてしまう。かえって胴を太ももで挟まれるように居座られ、動きを封じられた。

のし掛かられる体重も、身動きのできない閉塞感(へいそくかん)にも混乱する。

急にどうしたの？　何があったの⁉

ああしかも、こんな時でも痛みの中に感じるしびれがあるのだ。

「ひ、あ」

いつもと違う。私が悲鳴を押し殺していると、不意に牙が引き抜かれる。

私にまたがって押さえつけたまま、顔を上げたアルバートには、確かに嗜虐の喜びがあった。

「その顔、一度見てみたかったんです。苦痛にゆがんで混乱している、あなたの表情」

愉悦を含んだ微笑を浮かべる彼は、主張する犬歯をちろりとなめる。酷(ひど)く横暴で即物的な色気を帯びた仕草に、私の心臓が不自然に鼓動した。

アルバートは感情の色が薄いにもかかわらず、耳元に唇を寄せると低くかすれた声でささやいた。

「とても、そそる」

首筋に刻まれた傷が、一層主張した気がした。

私が抵抗を忘れている内に身を起こしたアルバートは、私の左手をとる。見せつけるように手首の内側、柔らかいところに噛みついた。

再び痛みが来るかと身構える。けれど、ぶつん、とした軽い衝撃と共に襲ってきたのは甘いしびれで、私はますます混乱した。

アルバートの牙が突き立った箇所から、私の血が腕を伝って流れていく。

「……ああ、もったいない」

まるで今気づいたみたいに、アルバートは赤い筋を薄い唇でたどった。でも、その仕草が私に見せつけて煽るものなのだと、こちらに流される紫の瞳が語っている。

アルバートは、私の血でいっそう色づいた唇をゆがめた。

「無性に、思うんですよ。俺が特別なのだと言うのなら、俺だけに翻弄されていれば良い」

「なに、を」

「俺が、望んでいるんです。ねえ、あなたが痛みをこらえるその姿、見せてくださいよ」

そう言うと、アルバートはまた腕に牙を食い込ませた。

容赦なく穿たれる痛みは、指先までしびれさせ、体が勝手に強ばる。

「……ッぅ！」

私が痛みにうめく声さえ楽しげに、彼は痛むそれとそうでない吸血を繰り返した。血の匂いが、私の鼻腔まで届く。いいや食事なんかじゃない。アルバートは遊んでいるのだ。

これもまた、アルバートの一面だと知っていた。

仕事は隙なくこなし、常に冷静で、常識も良識も理解し、理性的に振る舞っている。ただ、興が乗ると時々、吸血鬼特有の嗜虐的な部分を覗かせるのだ。いつもきれいに押し隠しているけれど、自分の懐に入れたもの以外には、酷く無感動である。そして他人に痛みを与えることをためらわない。

そんな一面を私は何度も見たことがあるし、向けられたことさえある。

こうすることに意味なんてない、可能性もある。でも唐突すぎて、なんで、と考えてしまった。

振り払えないほどの強い力で腕をソファに固定されて、足をばたつかせてもアルバートはやめてくれない。

アルバートは、値踏みをするような無機質な眼差しに愉悦を乗せて、こちらを見る。

私の意思など関係ないとばかりに、物のように扱われている。吸血の痛みと同時に、息苦しいくらい、体の奥が張り詰めて引き絞られた。

痛い、くるしい。そうだ。これは蹂躙される行為だというのを、否応なしに思い出した。

ひとしきり腕に噛み痕を付けたアルバートは、紫の視線を、再び私の首筋に注ぐ。

その瞳の中に映る私は、酷く怯えた顔をしている。

彼がまた首に近づいてきて、ひ、く、喉から勝手に嗚咽が漏れる。

一度決壊すると駄目だった。ぼろぼろと堰を切ったように涙があふれ出してくる。

「アルバートぉ……怖いぃ……」

その瞬間、ぱっと、あっけなく手首の拘束がほどけた。

こぼれた涙はそうそう止まらない。もはや顔はぐっちゃぐちゃで、見せられたものじゃないのはわかっている。

でも顔を隠したいのをこらえて、私はいまだにこちらを見下ろすアルバートを見上げた。

だって彼は、まるで自分が傷ついているような、泣きそうな表情をしてるんだもの。

アルバートは、そっと私に右手を伸ばす。私が反射的に怯(ひる)んでしまうと、彼は指先を躊躇(ためら)わせたものの、そのまま私のびしょびしょの頬を包んだ。手袋に私の涙が吸い込まれていく。

彼の、すべてを支配するような無機質さは霧散していて、代わりに目元をわずかに緩ませていた。

「……ほら。あなただって、俺ですらされて嫌なことはあるんですよ」

いつもよりも、どこか柔らかい声音でそう言った。

嫌なこと、というのがうまく飲み込めず、しゃくり上げながら見上げると、アルバートは続けた。

「俺だって、あなたを大事にしない、こういう楽しみ方は嫌ですよ。欲は満たされても、心は満たされない。なのに、あなたはあなた自身をないがしろにするでしょう。それが俺には……俺達は嫌なんです。いくら俺達や推しのためでも、どうなっても良いだなんて、言わないでください」

「それで、怒ってたの」

徐々に、腑(ふ)に落ちてきた私が、かすれた声で呟(つぶや)くと、彼は目を細める。

「……ええ。あなたは俺と違って、真性の悪になれないんです。なのにあれだけ慕っている存在から、『嫌われて本望』なんて。ねえ、思えるはずないでしょう」

アルバートは私の頬を撫でながら、低く柔らかい声で一つ一つ、諭すように促す。

「嫌なら嫌と言ってくださいよ。わざわざ自分が傷つくことを選ばないで」

私は、彼の懇願のようなそれに、またじわっと涙があふれて絶叫した。

「推しに嫌われるのは嫌に決まってるじゃないかあぁ！！！」

ほんとは仲良くしたかったよ。私に罵られて喜ぶ、被虐趣味なんかないもの。

遠くから安心して愛でたかったたし、良いなあかわいいなあってによによしたかった。何よりおおっぴらに貢ぎたかった。でもエルディアじゃできなかったし、やっちゃ駄目だったんだ。

「さげ、すみの目で見られることや、蛇蝎のような扱いを受けるのがご褒美の推しだっている、けど。アンソンは、ちがうものっ。ぐずっ。できれば、壁のままでっいたかった……！」

「かべ」

「あるいは床。無機物でいたかったです」

アルバートが珍妙な声音で復唱したので、私はずびっと鼻水を啜りながら肯定した。

推しに認知されるなんて、そんな不遜なこと許されると思っているのか。まず顔が良すぎて魂が召されるんだ。ウィリアムと快活にやり合ってる姿とか、リヒトくんに兄貴分として世話を焼いてる姿とか。ユリアちゃんを労ってやるあまずっぺぇシーンとか！

曇りのない眼で見返すと、アルバートも若干慣れたもので、ふうと息をつく。

そして私の髪をくしゃくしゃと梳いてきた。

「なら、今回余計に悪徳姫が出るのは駄目でしょう」

「で、でもそうしないと」

「俺を幸せにしてくれるんでしょう。ならあなたは、あなた自身も大事にしてください」

きっとアルバートは余裕を見せながら、私の心をほぐそうとしているつもりなんだろう。

自分が泣きそうなことなんて気づかずに。自分のほうが痛そうな顔をしてるのに。

なのに普段通りの声音で、アルバートは言うんだ。

「俺に心なんて自覚させたんですから。それくらいのわがまま、聞いてくださいますよね」

私は息を呑む。色んなことを考えていたはずなのに、その言葉ですべてが吹き飛んだ。

「……あい」

気がついたら、頷いていた。

だって、だってだよ。アルバートの幸せの中に、私が入っているなんて言われてしまったのだ。

さっきのことも忘れて、勝手に心が高揚してしまう。アルバートが私を思いやってくれることに、嬉しさに溺れてしまいそうで、今までの出来事との落差に心がぐっちゃぐちゃだ。

アルバートが離れるのに合わせて、私もゆっくり体を起こす。涙をぬぐおうとして、腕に噛み跡がないことに気づいた。

はっ、そういえば、うずくのは首筋だけだ。いくら吸血鬼の咬み傷が治りやすくても、ここまで短時間できれいに治るはずがない。それが示すのは、ひとつだけだ。

「……さっきの、幻覚だったの？」

「こんなことであなたを傷つけるなんて、俺のプライドに関わりますので」

すました様子で、アルバートはソファから立ち上がる。

なんだよもう、かけられたことすら気づかなかったさすがだな！　私は完全降伏するしかない。

もう、矢面に立つ気はないけれども、心配事はある。

「でもさ、悪徳姫じゃなきゃ、インパクトないでしょ、あの子達が疑う余地なく、信じてくれる方法なんて……」

「むしろそこまで劇薬を使う必要がないんですよ。だって彼らは正義の味方なんですから、魔族さえ出てくれれば必ず来ます。そこで、アルマディナとやらの境遇を語れば、感情移入してどうでも良くなるでしょう？」

アルバートの言葉は皮肉が混じっていたけど、そのとおりだ。勇者も聖女も、騎士であるアンソンも正義の味方だ。彼らは見ず知らずの人が困っているだけで、助けに入ってくれる。理由があれば、許す度量も持っているんだ。

「だから、嫌われ役は、思い入れのない俺に任せれば良いんですよ」

「え、アル。魔族ってまさか」

「俺の体内にあるもの、なにか覚えているでしょう？」

アルバートの言いたいことがわかって、私はぽかんとしてしまう。

その間に、彼はからかうように続けた。

「むしろ、あなたは俺達の主なんですから、裏でどんと構えていた方が悪の親玉らしいでしょう？」

「そう、言われてみると、そうかも」

良いのか、と悩む私も彼は織り込み済みだ。あっさりと先回りして、納得させちゃうんだから。

「まあつまり、こちらはどうにでもなります。問題は、どうやってフランシスを止めるかですよ。さあ、あなたの考えを聞かせてください」

もうわかっているとはいえ、アルバートには一生頭が上がらないなあ。しみじみと思いつつ、私は頭に浮かんだ筋書きを語る。

「うん、その。殺されて困るひとを先に確保すればいいかなあって」

「……確保、と言いますと」

眉(まゆ)を寄せるアルバートをそっと見上げてぼそぼそと続けた。

「ちょっと誘拐しません？　オウジサマ」

◇◇◇

「詳しい内容と行程を纏(まと)める！」とエルアが泣きはらした目もそのままに、猛然と書き出し始める。

それを見届けたアルバートは、部屋を辞した。

瞬間、冴(さ)えた金の刃(やいば)がのど元に突きつけられる。

刃の元には、萩月(はぎづき)のきらめきよりも鋭い黄金の瞳(ひとみ)に、殺気を混じらせた千草(ちくさ)がいた。

予想していたアルバートは、強いて抵抗はせずに紫目を細め、いつも通り告げる。

「エルア様は次の計画の立案をされている。ただ目を腫らしているから、空良に温かいおしぼりを持ってくるよう伝えてくれ」

「アルバート殿、ごまかされるな。拙者はすべて聞いていたぞ」

「……ああ、お前は耳が良かったか」

事に及ぶ前も、あの部屋には特に防音などの対策はしなかった。むしろ途中から千草が扉の向こうに待機していたのを感じていたから、アルバートはあそこまでやったのだ。

千草は、動揺しないアルバートを見透かすように睨んでいた。が、喉に当てられていた刃の圧がふっと離れる。

「主殿の本心を聞き出すため、でござったゆえ今回は見逃す。……が、貴殿がもし彼女を傷つけるならば、その首刎ねる」

「お前は単純だが、その潔さは買っている」

千草が本気ならば、扉を出た瞬間に殺し合いになっていた。そもそも当てられた刃にも殺意は乗っておらず、脅しだったとわかっている。

納刀した千草は、静かに問いかけてきた。

「しかし。主殿は冗談に思わせていたようにござるが、あの言葉は本気でござろう」

「あれ、とは？」

「主殿の痛みを覚える姿を、好ましく感じていたことだ」

アルバートはかすかに驚いた。

まさか額面通りにしか言葉を受け取らぬ、よく言えば純粋、悪く言えば単純な彼女に、指摘されるとは思わなかった。

一瞬だけアルバートが浮かべた驚きに気づいたらしい千草が、少し決まり悪げにしながら答える。

「室内での振る舞いが主殿をいさめるための芝居でござれば、そこまで高ぶることはあるまい」

「……なるほど、殺気を読むのはお前の得意分野だったか」

腑に落ちたアルバートは、押し殺す努力を放棄した。薄氷の下に隠していたそれは、暗くどろりとした荒ぶるものだ。

びり、と肌が焼けるような殺意を浴びているだろうに、千草はむしろ楽しげに口角を上げた。

「その気配よくぞ押し殺し抜いたものだ。主殿を手折るようであれば、部屋に押し入るつもりでござったが。貴殿の意志の強さには感心する」

「まさか、こんなくだらないことであの人を味わうわけがないだろう」

味わうなら「ストーリー進行」などという不純物がない状態で、極上の刺激で満たしてからだ。

もちろんぐずぐずに蕩けて、幸せそうに己を見つめてくるのも良い。一挙手一投足に顔を真っ赤にして羞恥に耐えながら、こちらに応えようとしてくる姿も愛おしい。

ただ今回改めて思い知ったのだ。エルアが苦痛に顔をゆがめる姿は、純粋に己だけを、推しでもなくストーリーすら交わらず、己だけを見ている姿は酷くそそる。

自分の与える物に対してエルアが翻弄され傷つく様にも、変わらない愉悦を覚えるのだと。

「アルバート殿」

千草に呼ばれて視線をやると、彼女はちょっと気まずそうに顔を赤らめている。

「その顔は、主殿には見せないほうが良いかと。あまりにもその、色気と嗜虐にあふれておられる」

アルバートが己の顔を撫でると、確かに唇は愉悦にゆがんでいた。

どうやら自分で考えているより、緩んでいるらしい。明日までには抑えておきたいものだ。

それにしても、とアルバートはエルアの反応を思い返す。

彼女が怖がって忌避を覚えるように、わざと高圧的に振る舞い仕向けた。

信じられないとばかりに呆然としながら、怯えに潤んだ緑の瞳は普段とは全く違う色を感じさせた。とはいえ、あそこで音を上げるのだ。頻繁にやれば、これからの事にも支障が出る。もう一度見たいという欲求は、やはり押し殺すべきだ。

そもそも彼女が自分から逃げる心配がなくなるまでは、徹底的に隠し通すつもりである。

本来ならすぐに覗かせる気すらなかったし、ともすれば生涯見せるつもりもなかったもの。

だから、こんなところで出すハメになって腹立たしい。が、仕方がないだろう、エルアはああでもしなければ平気で自分の懐に入れた存在を優先するのだから。

……今回は、自分の中に溜まっていた鬱憤を、多少なりとも晴らしたことは否めないが。

存外、己もまだ青い。アルバートは表情が戻っているのを確認した後、千草に応えた。

「以後、気をつけよう」

「貴殿は本当に、悪い人間なのだな」

じんわりと苦笑する千草の言葉はいまさらだったため、アルバートは軽く肩をすくめてみせる。

「あの方には決定的に毒が足らんからな。俺がいてちょうど良い。お前が宥め役にエルア様の側にいれば釣り合いが取れる。……――では頼んだ」

そうしてアルバートは足早に去ろうとしたのだが、即座に脇に跳ぶ。

ひゅん、と最前に居た空間を裂いていったのは、音速で抜き放たれた萩月の刃だ。

反転し、距離を取って構えれば、振り抜いた刃をゆっくり戻す千草がいた。

凶行を為した彼女は、普段と変わらない涼しい表情で、おや残念とばかりに小首をかしげている。

アルバートはぐつりと腹の底が蠢くのを感じながら、冷えた声音で詰問した。

「なんのつもりだ」

「いやなに。万事に完璧な貴殿がかように急ぐ理由は、荒ぶる衝動を抑え込むためでござろう？ならばその熱、発散するのに拙者が一役買おうと思った次第」

まさにその通りだった。普段なら、おしぼり程度他人に頼まない。頼むにしても気心が知れた空良に直接行く。だがそれをする時間すら惜しかったのだ。

エルアの高ぶった血液を摂取しただけでなく、彼女の泣く姿まで目の当たりにした。それで溢れかける余計な荒ぶる衝動を、逃がそうとしていたのだから。

千草はそこまでの事情を、察しているわけではない。だがその鋭い直感で、アルバートの状態を見抜いたのだろう。

千草はそれに対して一切忌避を見せることなく、むしろ朗らかに抜き身の刃を携えて続けた。

「かような時は、一暴れするのがいちばんにござる」

そうして優美な萩月を構えた千草に対し、アルバートはぞんざいに鼻で笑ってやった。

「そう言って、お前が俺と立ち合いたいだけだろう」

「おやばれたか。仕方なかろう。今は同じ主に仕える身同士、あまり殺し合いすぎるのはよろしくない。……が、大義名分があれば別にござる。それに、貴殿の上品さがはがれた太刀筋を見られるかと思うと、わくわくしてな」

千草はいたずらがばれたような顔で笑う。しかし瞳に宿るのは明確な殺気と、死合に対する昂揚だ。その様は、血に飢え、獰猛さを帯びた鮮烈な闇を感じさせる。

アルバートは、このような人種を少なからず知っていた。戦の中でしか生きている実感を得られない。あるいは、満たされないのだ。健全とは言いがたく、しかしこちらの方がよほど肌に馴染む。

「……訂正しよう。お前も、それなりにこちら側だな」

アルバートがそう言うと、千草は少々虚を衝かれ、次いでその殺気とは裏腹にはにかんだ。

「案ずるな。拙者はここの使用人のようにもろくはなく、ちいとばかし体力に自信もあり申す。貴殿が精根尽き果てるまで、おつきあい申し上げよう」

「行くなら鍛錬場だ。お前を地べたに這いつくばらせてやる」

もう抑える気のない殺気のままに、タイを緩め始めたアルバートは背後を振り返らないまま言う。

「そういうわけだ、空良。後は頼む」

「りょーかいしましたー。ほどほどにしといてくださいよ」

少し前から待機していた空良の肯定を聞いたあと、アルバートと千草はほぼ同時に交錯する。

空良は、自分でも追うことのできぬ攻防を繰り広げ、去って行く二つの影を見送る。ふうと息をついて苦笑した。

「アルバートさんも変わりましたねー。ガス抜きできる相手がいると、ちょっとちがうのかな？」

彼は、空良を始めこの屋敷の使用人を、多少なりとも信頼しているとは思う。

空良は内向きの事を全面的に任されており、エルアのことであれば、対等な立場で意見を交わせた。

しかし、武力が彼と同じ域に達するような者は居なかったのだ。そのため、一歩引いているかのようなもどかしさを感じていた。ある一面では彼を凌駕(りょうが)できる千草が来てからはどことなく、その線が緩んだような気がしている。

空良も、上司であり同僚である彼のことが心配ではあるので。

「それにしても、エルア様がよろこびそーなので。落ち込んだときに話す種にしてやりましょー」

まずはあったためたおしぼりだったなあ。と呟(つぶや)いた空良もまた、足取り軽く闇の中へと溶け込んだのだった。

閑話　舞台に上がらぬ魔法使いの覚悟

フランシス・レイヴンウッドにとって、アンソン・レイヴンウッドは大事な家族だ。

レイヴンウッド伯爵家は典型的な貴族の家柄である。長男は跡継ぎとして申し分のない資質があったため、フランシスはスペアとしてそれなりの教育をされた。平民でいう「家族」らしい交流はなかったが、そういうものだと、特に寂しさも覚えず受け入れるくらいには、自分は貴族だった。

だがそれも、アンソンが生まれてすべてが変わったのだ。

両親はそれなりに仲が良かったのか、他家とのつながりを持てるよう将来嫁入りができる女児が欲しかったのか、もう一人子をもうけた。しかしそれが男子のアンソンだったのだ。

赤ん坊の彼を見た瞬間に、フランシスはもう魅了されていたのだろう。

あんなにやわこくて、温かくて、理不尽に泣いて機嫌が良くなる生き物と、自分が血でつながっている。それが不思議で、衝撃で、驚きだった。

目が離せずに、勉強の休憩ごとに、ふくふくとした頬を突っつきに行っていた。

フランシスがいたから、男の予備はもういらない。そのせいか、アンソンはフランシスよりもずっと放っておかれた。

だがしかし、アンソンは驚くほどまっすぐに育った。同じ両親から生まれたとは思えないほど天真爛漫で快活な彼は、使用人からも愛されて太陽のようだった。

彼に触れたことで、初めて温かさを知った己が大事に思うのは当然だろう。少し構っただけで、「兄上」と後ろをついてきて、くるくると表情が変わる楽しい生き物。ほだされないわけがない。

あの明るさが損なわれないようにしたいと願った。

あの子が唯一の弟。自分の家族だ。だから、兄として絶対に守らねばならない。


「……フランシス、来たぞ」

過去に意識を飛ばしていたフランシスだったが、アルマディナに呼ばれて現実に引き戻される。

傍らにいた彼女はしゃらり、と異国風の衣装の装飾を揺らして動いた。

現在フランシスがいるのは、フェデリー郊外にある魔法研究施設を望める高台だ。

フランシスも双眼鏡を覗くと、ちょうどフェデリーの第一王子ヘンリーの乗った馬車が研究所前にたどり着き、彼が降りてくるところだった。

ヘンリーはどこかウィリアムに似ていながらも、より落ち着いた品のある空気をまとっている。出迎えの研究員や所長達に、王族特有のやんわりとした微笑みで応えていた。

ヘンリーは国王に命じられた各地の視察のため、今日この魔法研究施設の一つを訪れていた。おそらく、国王は有能な王子達に己の進めている計画が知られないよう遠ざけているのだろう。特に視察場所は新聞などで常に告知されていた。こちらとしては狙いやすく大変に都合が良い。

一行が施設内に進むのを確認したフランシスは、準備していた魔界の門発生装置を展開し始めた。

自分が追放された後も研究を続けたため、今では任意の場所に門を開けるようになっている。

ただ展開実験は繰り返していたものの、いまだに不安定な代物で、こちらで大きさも指定できない。あらかじめの詠唱にも時間がかかり、希少な素材を使い潰す。

何より、魔界の門を開けた瞬間の悪影響はフランシスにも及ぶ。そう何度も連続して使えない。

それでも、この場所で使う価値があると判断したのだ。

開いたトランクから、魔法陣が多重に展開し、やがて空間にどす黒い虚が開いていく。

同時にフランシスの精神に、侵食するような、直接握りつぶされるような圧力がかかった。瘴気、と呼ばれるモノの影響だ。

じんわりと思考を奪って行くようなそれに耐えるため、アンソンのことを強く想った。

「アンソンが、生きているのなら。僕はどうなったっていい」

太陽のように朗らかで、明るく照らしてくれたあの子が生きていてくれるのなら。それだけでこの重みを、引き受ける価値はある。

フランシスのその想いに呼応したのか、魔界の門は今までで一番大きく開く。

その奥からずず、と現れたのは、サソリの尾に蛇のように細い胴体を持った生き物だった。

同じように瘴気に耐えていたアルマディナが、憐憫を浮かべた。

「ムシュフシュの荒野につながったのか。あそこは侵された者も多い。楽になってくれれば良いが」

「感傷は禁物だよ」

フランシスが言うとアルマディナはわずかに視線を向けるが、無言でフランシスを抱えて跳んだ。

今まで居た場所に、ムシュフシュのサソリの尾が突き刺さる。

魔物はすでに侵食によって、理性が吹き飛んでいる。呼び出したフランシスとて攻撃の対象だ。

だが、アルマディナが人ならぬ声で吼える。

群れとなって現れたムシュフシュ達は一瞬ひるんだ後、視界に見える施設へと向かっていった。

すぐに施設はムシュフシュに気づき、たちまち悲鳴と怒号が飛び交う。

「簡単な誘導だが、しばらく持つ」

「じゃあ行って」

アルマディナは、フランシスを抱えたまま悠然と研究施設へと入り込んだ。

突然ムシュフシュの大軍に襲われた研究施設だったが、ヘンリーの護衛兵に加え、研究員の中に魔法が使える者が多く居たらしい。なんとか怪我人以上を出さずにすんでいるようだ。

その中をアルマディナは、誰にも見とがめられることなく悠然と駆けていく。

アルマディナの魔法による隠蔽だ。彼女は、この魔法のおかげで、どんな場所にも入り込める。

奥へと走って行くと、一人の護衛に引き連れられたヘンリーがいた。

彼は第一王子だ、故に何があろうと彼は生き延びなければならないため、この選択は正しい。それでも、フランシスの心にどす黒いものが湧く。

これがアンソンが命をかけて守る存在の一部なのが受け入れられない。

アルマディナがちらと視線をこちらに向けて来た。フランシスは眼鏡を直しながら無言で頷く。

そうすれば無造作に下ろされた。彼女が腰に下げたサーベルを抜いた。

一応自分もいざという時のための後詰め要員であるとはいえ、アルマディナ単独の方がよかったことは確かなのだ。しかし、ここだけは絶対に見届けなくてはいけないと考えていたため、この場に同行させてもらっていた。

アルマディナは、制帽を目深にかぶった近衛(このえ)騎士と共に早足で歩くヘンリーの背後に、音もなく忍び寄る。

人間は魔族などよりも脆(もろ)い。あのサーベルであれば、問題なくひと太刀で刈り取れる。

アルマディナは無造作に、だが正確に刃(やいば)を振りかぶった。

しかし鈍い金属音が響き、フランシスは目を見開く。

制帽をかぶった近衛騎士が、ヘンリーとの間に割り込みアルマディナの刃を受け止めていたのだ。

近衛騎士が持つ剣身が揺らぎ、細身で優美に弧を描く、異国風の刃になる。

アルマディナが自失しているうちに、そのまま近衛騎士に押し込まれてたたらを踏んだ。

まさか、魔族のアルマディナと互角に戦える人間がいるとは。

驚きつつも、フランシスは杖(つえ)をかざしてヘンリーに迫った。

ここでやらねばすべてが無駄になる。フランシスは剣の振るい方がわからない。だが、魔法は一番弱い攻撃魔法ですら人間を一人殺すだけの威力はあるのだ。

ヘンリーは多少剣術の心得はあるが、魔法は不得意だ。

だからフランシスは、最速で心臓へ向け貫通の魔法を繰り出した。

しかし、走っていたはずのヘンリーが振り向きざま、フランシスの魔法をはじいたのだ。

ガラスが砕けるような音が響く。

呆然とするフランシスは、ヘンリーが握る使い込まれた短剣を凝視した。

それを手慣れた仕草で回して持ちかえた、ヘンリーの金髪青眼が曖昧になる。

再び輪郭がはっきりした時にそこに居たのは、黒髪に紫の瞳の怜悧な面立ちの青年だった。

同時に、ヘンリーだった男の影が水面のように波打ち、持ち上がるなり、一人の女の姿をとる。

フランシスはその顔を知っている。栗色の髪に、女神イーディスに愛された証である緑の瞳をした少女、エルディア・ユクレールだ。

フランシスの研究に協力していた時期は、王子の婚約者に相応しく、常に穏やかな態度で心の内を悟らせなかった。

アンソンを通して断片的に彼女の本性を知っていたフランシスは、その完璧さに感心したものだ。聖母の微笑みを浮かべながらも、この世の悪徳に身を浸す毒婦のくせに、よくぞまあきれいに隠しおおせられると。

そう、考えていた。彼女がプレイヤーだと気づいたときはより憎悪が増したものだ。

けれど、今眼前にいる娘は、以前とは違う活動的なワンピースドレスを身にまとい、フランシスを不敵に見返している。

「さあ、お話し合いをしようか。フランシス」

その顔は、強く明るい活力に満ちていた。

第五章　解釈違いは殴り合う

はっはっは！　無事計画通りフランシスを捕捉(ほそく)した私だぞ！

「アルバートやっちゃっ……うええはやい!?」

私が言うまでもなく、アルバートはフランシスを引き倒してあっという間に縛り上げていた。

「魔法使いは、一刻も早く無力化しないと危険ですから」

淡々と言ってるけど、アルバートの手際は的確で乱暴だ。

ちなみに枷(かせ)は特殊な術が施されていて、はめられたら魔法が使えなくなる特別製である。

一応ヘンリーから奪った王子らしい服装をしていて、めちゃくちゃロイヤルな雰囲気をまとっていて超ときめいていたのに。やり方が手慣れすぎてて、完全にやくざの所行である。

まあ、予定通りだし、そこもアルバートで推せるけどね！　にこにこ笑顔を浮かべていると、引き倒されたフランシスは息を詰めながらも、呆然とした顔で私達を見上げた。

「なん、でお前がここに居るんだ」

「あなたがアンソンを勇者達から遠ざけるためにストーリー改変を狙(ねら)っているんだったら、ヘンリー王子を狙うかなと考えてね。アルバートに入れ替わってもらったの」

「くそっ」

フランシスが悪態をつく。

立てた計画は単純だ。ヘンリー王子くらいになると視察行程はあらかじめ掲示される。

そのルートから、フランシスが襲撃するタイミングを割り出して先回りしたのだ。そして、今日の朝にヘンリー王子が滞在するホテルで、彼を昏睡(こんすい)させてアルバートが入れ替わった。

ちなみに本物のヘンリー王子は、同じホテルの別室で眠り込んでもらっている。だいじょーぶ。無害な睡眠薬を盛っただけだから！　寝ている部屋が違うだけで十分時間稼ぎはできるし、万が一でも王子に危害が及ばないようにうちの子達が見張っている。

さらに、アルマディナ対策として、護衛役の一人と千草(ちくさ)も入れ替わっていた。

私は近くで合図があるまで、影を介して監視という布陣なのである。

アルマディナは、フランシスが拘束されて動揺している。千草がその一瞬を逃すわけがない。

「くっ」

千草が振りかぶる刃を受け止めようと、アルマディナはサーベルをかざす。

だが、予測していた千草の金の瞳がきらめく。刹那(せつな)、がきんっと、すさまじい音をさせてアルマディナのサーベルを折った。

武器を失ったアルマディナは離脱しようとするけれど、千草は一切許さずひと太刀(たち)くれる。

き、斬っちゃった⁉　と私は一瞬ビビったが、膝(ひざ)を折って倒れたアルマディナから血は流れておらず、気を失っているだけだった。

「うむ、かような条件無しに立ち合ってみたい御仁であった」

どこか物足りなそうな千草が、せっせとアルマディナを同じ枷で縛める。

完全に味方を失ったフランシスは、拘束されながらもこちらを睨んでいた。

「お前は多くの罪を犯してきた悪徳姫なんだろう。この世界で良いように遊んでいるくせに、今更、王子を守って正義の味方気取り？」

「確かに思うままにやっているけどね。私は正義の味方なんて一度もやったことがないわ」

「……ああ、そうだろうよ、だってアンソンを助けやしなかったんだから。今だって魔物に襲われているのに僕にかまけている」

フランシスは憎悪をむき出しにしていた。そうしてどうやって逃げるか、めまぐるしく考えているんだろう。

こうして対峙すると、ただの研究第一主義のほんわかした人じゃなかったんだな、というのがよくわかった。この言葉選びも、ただ我を失っているんじゃなく、私をえぐって平静を失わせようとしてるんでしょう。知ってるよ、だって私もそういうやりとりにはよく遭遇したもので。

だから私はにっこりと笑ってみせた。

「私の部下達がすぐ応援に来るわ。魔界の門もきっちり処理しているから、誰も死なせないよ」

フランシスが、顔を強ばらせる。

その反応に私は心の底からほっとして、せいぜい悪役らしくにやりと笑って睥睨した。

「ねえ、フランシス、あなたこそ悪役気取りのくせに、まだ誰も殺してないわね？」

フランシスの中には葛藤がある。なりふりかまわずアンソンを救おうとしているけれど、それでもまだ、人間としての良心を捨てきれていないんだ。

　ふふ、だから私がつけ込む隙がある。

「人を殺したら、アンソンの前に二度と出れなくなるわよ」

「ふざけるなよ。よくもそんなことをのたまえるな！」

　動揺しているフランシスの、空色の目が激昂(げきこう)する。

「アンソンがどれだけ怯(おび)えていたか知らないくせに！　あの子は年端も行かないうちから、眠るたびに夢の中で自分が死ぬさまを何度も何度も体験したんだ！　アンソンは覚えていないようだったけど、本当はあれが起きるかもしれないからと強くなろうとした臆病(おくびょう)な子なんだよっ。そんな弟を守ることの何がおかしい！」

　なるほど、夢のことだったから、アンソンも曖昧だったんだな。

「アンソンが生きているんなら、僕なんてどうなったっていい！」

　ただ私は、フランシスの絶叫に笑いたいような泣きたいような気分になった。

　彼の考え方は全部、あの夜私がアルバートに対して言ったことだった。ずくりと胸に痛みが走る。

　こうやって対峙してみると、どうしてアルバートが体を張って止めようとしたかよくわかる。

　でも私はその、先に思い知らされたので。

　私はフランシスのそばにしゃがみ込むと、その胸ぐらをつかみあげる。間髪容れずに、紫に輝くペンライトをすぱこんっと彼の額に叩(たた)きつけた。

　叩きつけたっていうのは比喩(ひゆ)で、軽く当てただけなんだけど。そこを中心に、勢いよく光がフランシスの体を突き抜けていく。

瘴気を浄化する手応えがあった。やっぱりフランシスも少なからず門の影響を受けていたのだ。

そりゃそうだろ、確認しただけで二回、なんの対策もせずに魔界の門を開けていたらそうもなる。

浄化の勢いに私の髪とフランシスの髪がはためく中、私は涙目になっている彼を睨みつけた。

「馬鹿言わないでくれる！　推しが一番輝く瞬間を守らないで何がヲタクだ！」

本当はただの解釈違いなら、無言でお別れが絶対に良い。けれども人一人の命がかかっているのならば、ヲタクとして殴り合わねばいけないときもある。

今はまさにそのときなのだ。

推しに……誰かに幸せになって欲しいって思う気持ちは、私だけがもっているものじゃない。

だから、今の私の目的は、何が何でもフランシスの情緒を突き崩して、本心を引き出すことだ！

「あなたがアンソンのどこが好きかはわからないけどね。アンソンが、どんな気持ちで騎士になったか知らないで語らないでよね！」

「はあぁ!?　お前なんかにアンソンの何がわかるって言うんだ！」

「わーかーりーまーすー！　だってあなたがアンソン尊すぎて見てられなかった時間、私が見ていたのよ。騎士になったアンソンなら、あなたの知らないときめきポイントをあげられるわ！」

言い返されるとは思っていなかったらしい。フランシスが言葉を呑む隙を突いて、私は堂々と胸を張り大いに煽ってみせる。

「あなたはゲーム時代と馬鹿にしてるわね。でもそれって、これから先のアンソンのかっこいいところもかわいいところも愛（いと）おしいところも、先回りできるってことなの。むしろ、ただアンソンの兄ちゃんってだけで、決めつけないでくれません？」

　傍らで見ていたアルバートの視線が、徐々に冷えて呆（あき）れが混じって行くのを感じた。いやいやここで正気に返らないよ！　フランシスは縛られているのもかまわず、顔を真（ま）っ赤（か）にして怒る。

「それこそお前は、あの子の小さい頃（ころ）のかわいさを知らないだろう!?　昔から兄上兄上と僕のあとをついてきて、それでも僕に迷惑をかけまいとする不器用さとか！　怖い夢を見ても、僕が聞くまで我慢するいじらしさなんて最高だったしっ。布団に潜り込んできた時の、ほっとした顔のかわいさなんてのは、今じゃ絶対に見られないんだからな！」

「ええ、ええそうでしょうとも！　だけどアンソンが騎士科の授業で意外と負けず嫌いで、売られた喧嘩（けんか）はしっかり買うの知ってる!?　ウィリアムの息抜きのために仕掛けたいたずらが、成功したときの会心の笑顔の尊さを見てないでしょう！」

「はっ甘く見ないでくれるかな？　学生時代のアンソンなら見に行……って王子にいたずら!?」

「立場に悩むウィリアムを学舎（まなびや）から連れ出した時の、無邪気な顔のかわいさったらなかったわっ」

　二次じゃないよ、公式であったんだよ。アンソンとウィリアムは期間限定カードがいっぱいあってね。その分だけエピソードも豊富だったんだ。

　その中の一つの学生エピソードである。あれでもウィリアム、けっこう悩んでいた時期があってだな。アンソンがいたからこそ、国のため、民のために生きるという選択ができたんだよ。

　この主従、一筋縄ではいかねえな！　まぶしい青春だな！　こんな十代の一番輝いている時期になんてしんどい悩み方をしているんだ……。と、すげえ心臓が痛くなったものだが閑話休題。

それ実はこの世界でも起きてたんですよ。覗きに行きました心のシャッター何度も切りましたストーカーしてごめんなさい。

思い出した私が突発的な罪悪感に襲われていると、フランシスがくわっと目を見開いていた。

「待ってそれ知らない」

「私こそショタアンソン知らないけど⁉　実際に見た人間からのリアル情報なんて、破壊力高すぎですかよ」

幼少期なんて、二次での強火の幻覚でしか見たことないからな⁉

私が興奮のままに語っていれば、千草はいたたまれなそうな顔をしているし、アルバートはもはや表情が無我の境地に達してる。その彼がぼそっと言った。

「アンソンにしてみれば、どちらにせよ蛇蝎のごとく嫌いそうな、恐ろしく底辺な争いですがね」

「本人に聞かせないから許して！」

自分達が、実在の人間に向けるべきじゃないきわどい話をしているのはわかっているから！

私が真顔で言うとぽかんとしていたフランシスだが、ぶるぶると首を振ってこちらを睨んでくる。

けれど、その顔からはもう、悪役として固めた仮面なんてはがれ落ちていた。私が最もよく知る、推しに荒ぶるひとりのヲタクの理性を手放した姿だ。

「お前の方が知っていると言いたいのか？　騎士として振る舞うアンソンのギャップが、あの子の一部なくらい僕だって……」

「そんなこと言わないわよ。私はこの世界箱推しで、最推しはアルバートだもん」

「はああ⁉　アンソンが一番じゃないのに何語ってるの⁉」

「あなたの方がアンソンに対する愛が深いのもよくわかった。そこに突っ込む気はない。だけどね、一人の推しが望む幸せを考えないのは、圧倒的解釈違いなのよ！」

「……は」

フランシスが絶句する。もうかぶっていた仮面なんてぼろっぼろだ。私にも跳ね返ってくる言葉だけど、アルバートに教えてもらった私だからこそ、彼に伝えなければならない。

けれど、彼はまたかたくなに表情を強ばらせている。

「アンソンが騎士じゃなくなっても、生きていて欲しいと願うのは罪か」

「彼が騎士なこともアイデンティティだけれども、生きて欲しいというのは間違ってない。だけど、何よりあなたは大事なことを知らない。忘れているわ」

「僕、だと」

わずかに困惑を滲(にじ)ませるフランシスに、さらに言葉を重ねかけた時、懐中時計を見ていたアルバートが言った。

「エルア様、そろそろ時間が迫っています」

「あらもう、そんな時間？　というかもともと大して時間なかったもんね」

「まだなにかするつもりか」

警戒するフランシスに、私は平然と答えてみせる。

「あなたが知らなくて、私が知っていること。実はここ、魔物に襲われて、勇者一行が助けにやってくる研究施設なの」

「まさか」

「そう、ここにアンソンが来るわ」

フランシスに私は軽く続けてやれば、彼は大きく目を見開いたあと悔しげに顔をゆがめた。

私はこれがあったから、数あるヘンリー王子の視察先の中からここに絞れた。

フランシスが感じている、あらがえないストーリーイベントの絶望はよくわかる。でも、同担拒否に近い勢いでアンソンのことが好きなフランシスに対して、一番効果的な方法がとれるんだ。

「僕をアンソンにつきだして、強制お話し合いでもさせる気？」

「まさか。その程度で矯正できるほど、ゆるいこじれ具合じゃないでしょ」

言いつつ私は、我ながらたいそうあくどい笑顔を浮かべてやった。

「あなたに、私の一押しのアンソンを見せてあげる」


意味がわからなかったらしく、フランシスはぽかんとする。

私がふんす、と仁王立ちしているあいだに、千草(ちくさ)は上着と制帽を脱ぎ捨てつつ言った。

「では拙者は足止めにゆく。いくら勇者殿がおろうと、あの魔物の数は厳しかろう」

「お願い千草」

私の願いに頷(うなず)いた千草は、ベルトで固定した刀を押さえつつ別ルートから外へ走って行った。

意味がわからないと言いたげなフランシスを引き連れ、私達は奥に進む。まだ気絶しているアルマディナは、私が影を引っ張って運んだ。闇魔法便利です、はい。

この研究施設が魔物に襲われる理由は、ストーリーにはほとんど描写されていなかった。けれど、アルマディナが首謀者となっていたからには、それなりのことがあったはず。

「まあ、つまりは魔物と魔界の門関連ってことよね」

施設の奥のほう、魔法を解くと壁に偽装させられていた扉が出現する。

そこをくぐり抜けてさらに進めば、広々とした実験場があった。ずらりと並ぶ檻の中にはそれぞれに魔法陣が描かれており、何かの残骸が転がっている檻もある。

私が検分すると、予想通りだった。

「この研究所、任意の魔物を呼び出せないか試してたみたいね。入り口を魔法で隠していたのは、ヘンリー王子みたいな不意の視察対策かしら」

「僕が離れてからも、ずっと続けていたってことか」

ぐう、とフランシスは複雑そうに顔をゆがめる。これを予想していたから、アルマディナの意識を刈り取っていたんだけど。

フェデリーは、とことんまで魔界の門を利用する方針で行っていたんだな、っていうのがよくわかる。まあ、害獣扱いだけども、魔物は強力な存在だ。呼び出して研究して、今後に活かしたいと思うのもおかしくない。暴走する魔物の被害は馬鹿にならないし、せめて門の性質について知りたくなるのも当然だ。

ただもう、いまここでやっている研究は良識を超えてしまっている。

フランシスの顔にも、はっきり嫌悪が浮かぶ。

「僕がいた頃は、まだ魔族を招いてその目的や弱点を知ろう。追い出される前でも門を任意の場所に開いて兵器化しようとするだけだったのに」

「私が関わっていた時もそうよ。でもまあ門を開けるだけじゃ、確実な戦力になる魔物が呼び出せる可能性が低い、とか考えたんでしょう」

だって門は魔界と人間界をつなげるだけ、なんだもの。生物が居る場所につながりやすいとはいえ、暴走して暴れ回ってくれるかと言えば別問題。なら、強い魔物を呼び出して、解き放つほうが早いに決まっている。

私は置き去りにされている資料をざっと見た。まだどんな規模の門から、どんな魔物が呼び出せるかを検証しているところみたいだけど。

「こんなところで魔界に関わる研究を続けていたら、研究員もあれだけ淀んだ顔になるってものよ」

言いつつ私は、アルバートを振り向いた。

今アルバートはヘンリー王子に化けやすくするため、髪型はハーフバックにし、ヘンリー王子から借り受けた服を身にまとっている。要するにまじもんの王子様の服装をしているのだ。

豪奢な刺繍の施されたベストや上着、ぴかぴかに磨かれた靴に至るまで一分の隙もなく整えられている。体格が王子と似ていることも相まって、たいそう見栄えがした。

いやもうアルバートに品の良い服を着せたら、絶対に似合うだろうと思っていたけどね。

「アルバートもはや貴族じゃん。爵位持っていなきゃおかしいレベルで、良いとこの貴公子じゃん。それにハーフバックってなに。オールバックよりもほどよい抜け感があって、親しみやすさ演出しちゃってるの。え、やっぱり顔が良い。王子アルバートとか絶対いるでしょ」

「お前頭が沸いて……」

フランシスの呆れた声がしたけれど、その前に私はしゃん、とペンライトを振り抜いた。

ペンライトの光がほとばしり、実験場内の淀んだ魔力を洗い流していく。

なにせアンソンの萌え語りもできたし、何よりアルバートの王子様っぷりも垂涎だったのだ。見た目は装えても、立ち振る舞いは自分で再現しなきゃいけないのに完璧だったからね。

はー私は幸せ者だなーっ！　うっきうきにっこにこしていたら、フランシスが呆れ果てた顔で私と私のペンライトを交互に見ていた。

「その変な杖、くず魔晶石を詰めてるのか。しかも石すべてに均一に魔力を通すなんて、超絶技巧を平然とやっといてなんなの。変態なの。いくら魔法が感情で増幅されやすいからって、そんな使い方見たことないよ」

「ぐっ捕虜のくせにちょっと態度でかすぎるわよ。私だってこれを杖で使うと思ってなかったし」

私だってわーわーきゃーきゃー言ってたら良質な魔力を練り上げられる、なんて思わなかったさ！　まあね、こと萌えるネタがあれば、ほとんど魔力に困ることはないからそこは喜ばしいかな。

ざざ、と私の耳飾りに空良からの音声が入る。

『エルア様、予定通りアールとユーが門の処理に、エーが建物内に潜入しました』

さすがに、今日の空良の声は間延びしてない。

アールはリヒトくん、ユーがユリアちゃん。そしてエーがアンソンだ。ウィリアムは今王城へ行っているはずだから、こういう布陣になるだろうと予想がついた。

さあ、一世一代の大芝居を打とうじゃないか。

「アル、予定通り来るわ」

「……わかりました。では」

ここからが、正念場だ。私はアルバートへ、自分の手を差し出す。けれど、アルバートはすぐに動かなかった。

ためらうような間におよ、と思ったが、それもわずかだ。彼は、うやうやしく私の手を取ると、手の甲に口づける。そしてがり、と手首に牙を立てた。

わずかなしびれと共に、深めに穿たれるのを感じる。舌で傷口が圧迫されて、じわりと血が滲む。

ここに来る前も摂取してもらったが、今も少し多めだ。大丈夫、この日のために食事管理してきたからな。私が見つめる中、淡々と味わっていたアルバートが離れる。

そして外見が王子様の癖に折り目正しく会釈をしたとたん、その姿がぶれた。

短い黒髪は黄金に輝く長髪になり、顔立ちも冷たい銀のような鋭さから、傲慢さを帯びた華やかなものに変化する。紫の瞳は、どろりとした艶を帯びた紅に変わっていた。

私はその顔にとても見覚えがある。以前にアルバートがぶっ倒した、吸血鬼の真祖ヴラド・シャグランだ。何よりアルバートからあふれ出すのは、魔族としてのいっそ暴力的な魔力である。

今、アルバートは普段は抑えている、魔族としての気配を解放しているのだった。

服装まで王子っぽい衣装から、ヴラドを彷彿とさせる華美なものに変わっている。

ヴラドの姿をしたアルバートは、無造作に金の髪を背中にはらっ……。

「うっっっ」

「エルア様、時間がありませんから、正気を保ってください。お望みでしたら後でやりますから」

「だいじょうぶ、ちょっとファビュラスさに鼻血噴きそうだっただけだから。それと後で是非長髪はやってくださいお願いします」

長髪アルバートなんてヤバさの極みだろう。普段短髪の人が、長髪になったときの色気と怪しさとうなじは絶品なんだぞ。

「なに、をしてるんだ」

ごほんと咳払いした私は、呆然としているフランシスの肩にぽんと手を置いた。

「頑張って、お兄ちゃん」

にんまり笑ってみせたあと、私はとぷんと影の中に身を落として隠れる。

現実世界と魔法で作った位相の狭間なんだけど、術者である私を隠すくらいなら大丈夫な空間だ。

もちろん、外に張り巡らせた影の目を通して、フルモニタで様子を監視できますとも！

私が居なくなると、アルバートはフランシスの枷についている鎖を乱暴に引っ張るなり、地べたに這いずらせる。混乱するフランシスが顔を上げたとたん、その首に長剣を突きつけた。

まさに悪役らしい所行をしたアルバートは、フランシスに対しきれいな微笑を浮かべてみせる。

「お前の弟には昔から鬱憤があってな。存分に発散させてもらうぞ」

あれ、アルバートめっちゃ怒ってるやん。

その瞬間、実験場の扉が、どん、と押し開かれる。

現れたのは、燃えるような赤髪に青い瞳をした、アンソン・レイヴンウッドだ。

抜き身のイシュバーンに盾を携えた完全装備の彼は、突如として広がる実験場の光景と、立ち並ぶ檻に絶句する。

けれど、部屋の中心でアルバートに剣を突きつけられている、フランシスに気づくなり叫んだ。

「兄上っ！！！」

タイムラグ無しに一気に加速し、アルバートに剣を振り抜く。

その判断は、さすが一流の剣士といった潔さだ。けれど、アンソンが斬ったアルバートは揺らぐように立ち消え、少しずれた位置に本来の姿を現した。

「アンソン殿っ！」

アンソンに続いて実験場に入ってこようとした兵士達は、私が扉の前に仕掛けた幻闇の障壁で分断される。

それを感じただろうに、アンソンは迷わずアルバートを睨みつけている。

フランシスは、現れたアンソンに表情を凍らせていた。とっさに彼の方へ向こうとしたけど、アルバートが鎖を引いて押しとどめる。その行為に対して、アンソンはますます怒りと焦りを帯びた。

「やめろ！　貴様魔族だろう！　ヘンリー王子はどうされた！　なぜ兄上を拘束している！」

「己の大事な王族だろうに入れ替わりにも気づかぬとは、人間とはこうも愚鈍か」

紡がれた声は、ヴラドの傲慢で艶のあるもの。うっわ、アルバート初っぱなから人外傲慢ロールプレイかっ飛ばすな⁉　自然すぎて笑いとときめきしかない。

まあ？　この影の中は絶対防音仕様だから、私は応援上映会気分である！

目を見開くアンソンに、アルバートは余裕のある表情を崩さずじゃらりと鎖をもてあそぶ。

「施設の有様を見るに、この男の言うとおり、本当に我が同胞を使い潰しているようだな」

「アンソンこれはっ」

「勝手にしゃべるな人間」

フランシスの言葉をまた鎖を引いて黙らせたアルバートは、しかし唇が弧を描く。

「ほう、アンソン……。そういえば、聖女と勇者のそばにいる騎士がそのような名前だったか。しかもお前のことを兄と呼んでいたな？　なるほど兄弟か」

「当たり前だ、俺はその人の弟だ！　兄上を放せ！」

アンソンの燃えるような怒気を叩きつけられてもなお、アルバートは悠然とした態度を崩さない。

ねえ、なんなのその嗜虐的な笑顔！　いたぶる気満々で迫真すぎてぞくぞくする！

「なあ、お前一体何言って」

アルバートの変貌ぶりに混乱するフランシスを置き去りにして、アルバートは呟く。

「興が乗った」

私が悶えている間にも、超絶悪役ムーブをしてみせたアルバートは、かつん、と床を叩いた。

アルバートの合図に、私はペンライトを振って即座にフランシスの下へ影を広げる。あっという間にフランシスは、影の中に飲み込まれた。

呆然としたフランシスは、酷く焦り手を伸ばすアンソンの青の視線が絡む。

それも一瞬で、フランシスの空色と、フランシスは私の所へボッシュートされてきた。

アンソンにしてみたら、フランシスが一瞬で消えたように見えるだろう。

「兄上っ！」

「安心しろ。お前の兄は無事だ。だが、まあ。魔法で生み出した狭間の空間。人がどこまで耐えられるかは疑問だが」

「貴様ぁぁ！！！」

激昂するアンソンに、アルバートは長い指先に引っかけた鍵とチェーンをくるりと回してみせる。

「俺を楽しませるか、地べたに這いつくばって希えば、つながる道を開けてやっても良いぞ？」

「きゃ――っ！　アルバートぉ！　鬼畜ー！　悪役ー！　でもそこがしびれるあこがれるぅ！」

「お前は一体何をしているんだい⁉」

私が全力で紫と金色のペンライトを振っていると、隣に落ちてきたフランシスが、手首を拘束されたまま鬼気迫る形相で迫ってくる。

「あフランシスいらっしゃい。おしり大丈夫だった？　一応物理概念は超越してる空間だから、痛みはないと思うんだけど」

「そうじゃなくて！　あの茶番も全部お前の仕込みだろう⁉　従者に何をさせているんだ！　いや

なにより、あの従者どう考えてもおかしいよな⁉　顔を変えたり魔族の気配をまとっていたり、あれなんなんだよ！　そもそも、こんなところで、なんで光る棒なんて振ってるんだ⁉」

「私の最推しですけど？」

「まじめに答えろよ！」

いや大まじめだぞ私は。と思いつつも、噛みつくフランシスの理由もわかるから、振っていたペンライトをちょっと下ろして向き直る。

「だから言ったでしょ、私が思う騎士アンソン・レイヴンウッドの一番かっこいいところを見せてあげるって。ここで存分に見ていってよ」

「馬鹿か⁉　たったそれだけのために従者を殺すつもり⁉」

あ、わかったらしいな。そう、私とアルバートがやろうとしているのは、アンソンの本音を引き出してフランシスに聞かせることだ。

アングルごとに様々なモニタ状の「影の目」が並んでいる中で、私は高笑いをしてみせる。

「ははは！　確かにアンソンは強いけど、私のアルバートが負けるわけないでしょ！」

ほんとはだいぶ心配なんだけど。アルバートは問題ありませんって言ったし、彼が立てた計略も勝てる目算があるものだったから許可したよ。

私が矢面に立つよりずっと効果的だったし、なにより私のアルバートはさいつよなので。

だから。フランシスに常軌を逸した目で見られることはないんだけども。

「お前達、頭は大丈夫か」

「悪役が突飛なのは、割と当たり前でしょ？」

私はにぃっと笑ってみせた。

「ここは私の影の中よ。私が置いた影から外の様子と音は聞こえるけど、こちらの音は聞こえないわ。ここでなにがあっても、向こうにはわからない」

「だから、それになんの意味が」

「アンソンの本心知りたくない？　たとえば、どうして彼が騎士になると決めたのか、とか」

フランシスは同担拒否過激派している。そのせいで、ヲタクとして、どうしようもない衝動を発散させる方法を知らないと見た。

まあ、発散させてもこじらせまくるのが推しの沼、ってやつなんだけども。それでもたかだか魔界の門の影響で、推しの意思を殺すようなゆがみ方はしない。

だからとことんまで、アンソンに対する思いを吐き出させることにしたのだ。

ぶっちゃけな。今、私はフランシスを沼に引きずり落として、棒でつつき沈めたい気分なんだ。語れるものなら語りたいんだよ！

「ほらほら、アンソンが動くよ」

私が複数のアングルで張り巡らせている、影映像の一つを指し示すと、フランシスは反射的にそちらを向いた。

アルバートは、血で生み出した長剣で、傍らの檻（おり）を素早く切断する。

ばらばらと落ちた檻の鉄格子に彼の血が滴った。鮮やかな赤は表面に波紋を広げて染み渡り、鉄棒は虚空へと浮かんでいく。その光景は酷く冒涜的でおぞましく、なのに美しいんだ。

いわば大量の槍を手に入れたアルバートが、愉快げな表情のまま手を振る。

とたん、その槍が鋭くアンソンへ飛んでいった。

縦横無尽に降り注ぐ槍の雨を、アンソンはイシュバーンを振り抜きはじいていく。

千草の軽やかでいながら、鋭い「速さ」に重きを置いた立ち回りとは違う。アンソンの剣筋は、どっしりと腰を落とした一撃の「重み」を持っている。

同じ一撃必殺でも、まったく違うんだよ。アンソンの騎士らしい整った剣術は猛攻を耐えて、耐えて、耐え抜いた後にここぞという決定的な隙を逃さず突き崩すんだ。

それは、誰かを、ウィリアムを守るために培われた剣技だ。

要するに耐久に優れた剣士なんですよ。そこがね、ほんとね、エモいんです。

とはいえ、さすがに雨あられのように降り注ぐ槍に、アンソンは立ち往生を余儀なくされた。

けれど細かい傷を負いながらも怯むことはなく、彼はアルバートから目をそらさない。

その横顔は怒りに燃えながらも、酷く冷静だった。

私は、傍らでフランシスが息を呑むのがわかる。

ゲーム時代は、キャラクターは大きく三つの区分に分けられていた。

まあ後から後からどんどん特殊枠と例外が出てきて、収まらなくなってるんだけど。ともかくじゃんけんの勝ち負けみたいに、相性の相関図がある。

遊撃手は無防備になりがちな魔法士を一撃で殺すことができ、魔法士は圧倒的な火力で闘士に勝てる。闘士は卓越した勘と技で奇襲に気づき、遊撃手を屠ることができるとされていた。

その中で、アルバートは遊撃手。千草とアンソンは闘士に分類される。

つまり、本来なら、アンソンはアルバートに有利なはずなんだ。

けれどここはリアル、アルバートもまたスペックはまったく違う。

今のアルバートは血を飲むことで自分の魔力にブーストをかけている。その上、普段抑えている真祖の血を前面に押し出すことで、一時的に魔法士に近い能力を得ているのだ。

吸血鬼の力を押さえ込むだけじゃ負けた気がすると、千草と特訓していたらしい。

その結果、血を飲んだ後の十数分の間だけ、能力をフル活用できるようになっていた。

時間限定の無敵モードみたいなものである。

さらに、今回アルバートは対アンソン用に魔晶石や魔道具を装備している。

『俺は持久戦を得意とはしていませんが、負けることだけはありません』

この方策を語った時の、アルバートの言葉だ。

はっきり言うと、アンソンの強さを知っているだけ心配はある。私も全力で萌えとかないと、入り口ふさいでる闇魔法とこの空間とカメラとマイクを維持できないんだよな。

だから超余裕顔で、傲慢俺様なアルバートに向けて、思いっきりペンラを振って応援する。

「がんばれアルバート！　徹底的にアンソンを煽れー！」

「なんて応援の仕方してんの⁉」

「悔しければアンソンのこと応援すれば？　声は届かないけどね」

　フランシスはわけがわからないという顔から、異次元の存在を見る目にジョブチェンジした。けど、ここは私のフィールドだから、まったく気にしないのである！

　そんな間にも、槍をさばくのに手一杯なアンソンに対し、アルバートが愉快げに話しかける。

「あの人間もただの情報源として飼っていたが、存外愉快なものを連れてきてくれたものだ」

「情報源だとっ。この間の祭りはまさか」

「お前の兄とやらが、そこの魔族と逃げようとしたのだ。我が同胞の拉致に荷担した罪を償いたいと言ったにもかかわらず、国の窮地を救うだの言い始めたからな」

「なん、だって」

　まあ語弊があるけどおおむね間違ってない！　だからこそ、話を聞いたアンソンが明らかに顔を強ばらせる。彼はこう思っただろう、兄は何か理由があってやむを得ずあの場にいたのだと。

　動揺したアンソンに、アルバートは愉悦を滲ませた。

「隙あり、というやつだな」

　アルバートは、槍でアンソンを取り囲み、一斉に解き放つ。

　串刺しにせんと迫る槍の嵐に、アンソンは左手に持った盾をかざした。

「俺の後ろには通さねえ！」

　盾を中心に、光を帯びた魔法陣が展開し、大量の槍をはじく。

　アンソンの武器の一つである、絶対の無敵の防御壁だ！　彼の想いを力にして、すべての魔法、物理攻撃をはじく盾を生み出す。序盤でもなんなら終盤でも、はちゃめちゃお世話になりました！

このままいけば槍も防げるはず。なのにアンソンは、はっと目を見開くなり、盾を投げたのだ。

「アンソンっ⁉」

あまりの事態にフランシスが叫ぶ中、当然無防備になったアンソンは剣で槍の軌道をそらす。

だけどすべては間に合わず、アンソンの腕や足に槍が裂傷を作っていく。

隣のフランシスが顔を真っ青にする中、アルバートは金の眉を上げてみせた。

「見ず知らずの魔族をかばうとは……貴様らにとっては、殺すべき害獣だろうに」

そう、アンソンが盾を投げたのは、槍の進路上にアルマディナがいたからだ。

彼女は槍が刺さった衝撃で目が覚めたらしい。血まみれになっているアンソンと、金のアルバートの攻防に愕然としている。混乱するアルマディナは、それでもアンソンの騎士服に気がついたのだろう。わけがわからないと声を荒らげた。

「なっ、んで。人間が私をかばう⁉」

少し体をよろめかせていたアンソンはぐ、と足に力を入れて踏みとどまる。青の目を険しくさせながら、唸るように答えた。

「君は兄上のそばにいた魔族だろう。不当に、扱われている者がいれば誰であろうと助ける。それが騎士としての俺の誇りだ」

「はっははは！　愉快だな！　ただの人間が物語の主人公にでもなったつもりか！」

アルバートが、おかしくてたまらないとばかりに哄笑をあげる。

奇しくも同じタイミングで、フランシスとアンソンがびくんと体を揺らした。

「聖女や勇者のように明確な使命もなく、貴様が仕える王子のように国を背負う義務もない。周囲の人間が特別だったが故に、巻き込まれたのだろう？　ただの人間のお前など、代わりがいくらでもいるだろうに」

あざ笑いながら、アルバートは的確にアンソンのウィークポイントをえぐっていく。

「なあ、アンソンとやら。お前でなくても良いのに、なぜ命をかける？　惰性のように協力しても、のたれ死ぬだけだぞ」

フランシスが唇を噛み締める。まあそうだろう。だってフランシスはそう思ったからこそ、アンソンを勇者一行から引きはがそうとしたんだ。

そう、ゲームでは、アンソンがいなくてもストーリーを攻略できる。

アンソン・レイヴンウッドは強いキャラクターだけど、強いて彼でなくても良い場面は多い。

アルバートが鍵を指でもてあそび、即席の槍を従えている姿はラスボス系の貫禄がある。

打ち合わせしたけど、ほぼぶっつけ本番とは思えない堂々とした悪役ぶり！　しかもあのヴラドベースの金髪だよ、赤目だよ？　髪の長い男性キャラというのにも、大変趣があるものだ。

髪の長いアルバートやっぱ美味しいな？？？　……まあ打ち合わせよりもずっと、悪役ぶりが増しているのは、多少なりとも私怨が混じっているんだろうなあ。

「確かに、貴様らは世界の中心だろう。だからといって、無償の恩恵を受ける価値があるのか？」

とどめを刺すようなアルバートの言葉を、アンソンはかき消すように吼えた。

「ごちゃごちゃうるせえ！　そんなもの知らねえよ！」

　そのまま、アルバートに向けて距離を詰める。当然のごとく襲いかかってくる槍を剣ではじき、ひしゃげさせるが、槍の雨は降り注ぐ。

　アンソンは体が傷つくこともかまわず、まっすぐアルバートへ向かって走る。

「どれだけ自分が力不足かくらい、俺が一番わかっている！　俺はたまたまウィリアム付きの騎士だったから、あいつらと出会った。ユリアとリヒトの助けになるんだったら、もっと良い人間がいたのかもしれねえ！　俺じゃなくったってよかったさ。だけど……俺がやりたかったんだ！」

　その想いを叩きつけるように、アンソンは剣を振りぬいた。

　耳障りな音と共に、槍がたたき伏せられる。

「ウィリアムに出会って、あいつの行く道を助ける剣になりたいと思った！　ユリアとリヒトが背負った苦しい運命を、少しでも斬り払えたらと思った！　何より俺は、フランシス兄上がのんびり好きな研究をして過ごせる未来を掴みたいんだよ！」

　私の横で、フランシスが子供のように呟く声がした。

「…………ぼくのため？」

　アンソンがぐっと剣を握り直す。

　アルバートを睨む彼の眼差しは、高温の炎のような青が鮮やかだった。

「嫌われても、邪険にされても兄上の幸せな笑顔を見るために戦う！　この剣が役に立つならいくらでも振るう！　俺は俺の意思でこの道を選んだ！　誰かにとやかく言われる筋合いはねえ！」

アンソンの意思に呼応するように、イシュバーンにはめ込まれた魔晶石が光を放つ。

鮮やかで美しい青い炎が剣身を包み込み、ごうごうと吹き上がった。

画面越しの私達の顔を青く照らすほどの輝きに、美しさに、私達は見惚れる。

ああ本当にきれいだ。目を細めた私は、傍らを向く。

隣にいたフランシスは、滂沱の涙を流しながら、食い入るようにアンソンを見つめていた。

「僕、を幸せに、するためって……」

嗚咽の間に挟む言葉で、やっぱりなあと思った。うん、私は賭けに勝ったらしい。

フランシスの頬は興奮で真っ赤に染まり、声を出そうにも言葉が出ない。ただひたすら嬉しさと心に押し寄せる衝動を、どうして良いかわからないまま泣いている。

わかるよ。今のアンソン・レイヴンウッドは間違いなく、今までで一番かっこいい。

ずび、と鼻水まで流している彼に、私は声をかけることはせず、ただティッシュを渡す。

ティッシュで鼻をかんだフランシスは、泣きはらした目で私を睨む。

私は返事をする代わりに、フランシスの枷を外してやったあと、予備のペンライトを差し出した。

フランシスの視線を強く感じたけれど、彼は無言でペンライトを受け取る。とたん、鮮やかな青と赤に輝きだした。

会話など必要ない。我らには推しがいて、その推しが強く輝いているのだ。

推しているヲタクならば、全力で応援しなければいけない。

「いっけえええアンソン！　イシュバーンの本領発揮だ！」

「負けるなアルバート！　かっこいいぞー！！！」

聞こえないのを良いことに、声を嗄らす勢いで叫ぶ。

フランシスの声に反応したように、アンソンは剣を両手で構え大きく後ろに引く。

イシュバーンからあふれ出す青い炎が、鋭く収束した。

「全霊で貫け！　イシュバーン‼」

覇気と共に繰り出された突きは、襲いかかろうとしていた槍を根こそぎ吹っ飛ばした。

勢いは収まらず、アルバートの金の髪をぶわりとはためかせる。

アルバートがにいと、唇の端を好戦的につり上げた。その表情がいっそ扇情的にも見えて、私はひいと息を呑む。うあ、むり、あ。もう顔が良い。

騎士アンソンは、力強く踏み込み刃を振りかぶる。その剛剣を、アルバートは己の血で練り上げた長剣で受け止めた。

アンソンには劣っても、アルバートだって剣はできる。今は動体視力も身体能力も底上げされているから、ついて行けるはずだ。

アンソンが、若干目を見開いた隙を逃さず、アルバートは押し返し、再び斬りかかる。

「はっ、お前の国は、貴様のような騎士がその剣をかけるに値するのか？」

「さっきからごちゃごちゃと！　何が言いたい！」

アンソンに対し、アルバートはざっと己の腕を斬る。

ぼたりと落ちた血液は、そのまま霧状になって拡散した。

アルバートの血には、彼の魔力が濃く強く宿っている。たとえば血を滴らせた檻の鉄棒を、槍として操ったみたいに。たとえアンソンでも、じわりじわりと冒されれば気づきようがない。

再び距離を詰めようとしたアンソンが、足をぐらりとよろめかせた。

焦りを帯びるアンソンに対して、アルバートは冷めた眼差しで睥睨する。

「他種族を、ただ『兄のため』に助けたお前が、この実験場の有様を見て本当になにも思わないと？　これはお前達の戴く王が采配したことだぞ」

はっ、これはアルバートからの合図だ。

本来、フランシスが告げるはずだったそれを、アルバートが語って整合性をとる。さらに、アルバートのフル活動の終了時間を、ばれることなくこちらに教えてくれるという案配だ。

これで入れ替わりにフランシスを出せば、万事解決というやつである。

我を失っていた私だけども、アルバートを回収すべく影を広げようとし。


ぞわりと、おぞましい気配を感じた。


これは、まず間違いなく、魔界の門から溢れる瘴気だ。

おかしい、私が断腸の思いで視点を切り替えて周囲を見る。すると、檻の中に描かれている魔法陣の一つが、淀んだ光を放って明滅していた。

「魔界の門が開きかけてる⁉」

でもなんでっ。あれってものすごく繊細なものじゃないの⁉

第一人者であるフランシスは、私みたいな感覚じゃなくてすぐに理解したらしい。

「くそ、僕が開けた門に共鳴したのか。このままじゃばかでかい門が開くぞ」

「どういうこと⁉」

「僕があの子を拒絶した、もう一つの理由だよ。魔界の門を開いた者には、なにかしらの目印がつくらしいんだ。僕やアルマが同じ場所にとどまらない理由でもある」

そう言えば、ゲームストーリー二章の最後で、王城に魔界の門が開くけど、理由は明確じゃなかったんだよな。これが理由か！　いやめちゃくちゃやばいよ。今ユリアちゃんは、フランシスが開けた門を処理している。いくら聖女でも、駆けつけるにはもう少しかかるだろう。

私がそうこう考えているうちに、魔法陣から溢れる、瘴気混じりのどす黒い魔力が一点に収束していく。そして、ばきりと空間に亀裂が入る。

そのほころびから、ぎょろり、と赤く濁った大きな目が覗(のぞ)いた。

あれはやばい、と直感した。

魔界の門から覗いたそいつを見た、アルマディナが愕然と叫んだ。

「サイクロプス⁉　なんで、こんな小さな門から……？」

あああそうだな、サイクロプスだ！　中盤の一番やっかいな敵！

とにかく防御が固くて、一定値を削らないと、次のターンで即座にＨＰが回復される鬼畜仕様だったんだよな。私も攻略に苦労したものだ。

それにまずいぞ。あのサイクロプスも暴走していると考えた方が良い。なら瘴気の浄化役が居なければ、三人とも汚染されてしまう。

　ユリアちゃんが来るまで、待つことはできない。汚染された魔力に、彼らが呑（の）まれる方が早い。なのに今私は、幻闇の障壁（ダークウォール）に影の空間、さらに視覚と聴覚をつなげる、計三つの魔法を維持してるわけで。浄化に回す余力がない！　私がこのまま浄化までするなら、この空間から出るのが一番だ。でも、あそこに飛び出したら、アンソンに見られてややこしいことになる。

　どうする、アンソンにばれてでも表に出るか。それともどれかを削って浄化に回すか。

　冷や汗をかいて悩んでいたとき、袖（そで）で雑に涙を拭（ぬぐ）ったフランシスが言った。

「お前、ここから浄化はできる？　閉じるまでは行かなくても、瘴気を取り除くくらいは？」

「できなくはない。けど、今使ってる魔法のどれかを減らさないと無理！」

「なら出入り口のやつは僕が引き受ける。あの魔物を潰（つぶ）すことが第一目標だろう。門はその後聖女に閉じさせればいい」

　泣きはらした目でこちらを見つめるフランシスに対し、私は即決した。

　耳飾りを通じて、アルバートに連絡を取る。

「アルバート、フランシスと共闘する。こっちで浄化をやるわ、あのサイクロプスは絶対出しちゃ駄目！　倒して！」

『あなたは時々横暴ですね』

　いつもの口調でアルバートは小さく呟（つぶや）いたけども、その雰囲気は了承だととらえるぞ！

私はフランシスに視線をくれた後、思い切って幻闇の障壁(ダークウォール)をほどく。

入り口には案の定兵士達が待機していたけど、中を見た彼らは開いた門とそこから覗くサイクロプスに硬直した。

「なっ!」

「お前達、ユリアとリヒトを呼んでこい! ここは俺が食い止める!」

頷(うなず)いた兵士達がばらばらと去って行くと同時に、横に居るフランシスがペンライトを振るうと、扉が独りでに閉じる。

あっ、この空間の説明してなかったのに、思い切り現実世界への干渉できちゃってるし! しかもペンライト、扱いづらいって誰(だれ)からも言われたのによく使えるな。フランシスやっぱり天才かよ。

そのとき、魔界の門から覗く目の瞳孔(どうこう)がぎゅっとすぼまる。焦点が合っているのは、アルバートとアンソンだ。

ぱちりと瞬きした瞬間、亀裂に指がかかる。その目に相応(ふさわ)しく、私の胴体ぐらいはありそうな太くまるまるとした指が五本、ぐぐと門を広げようと力をかけた。ばきりと門が広がる。

なんて馬鹿力だよ! 門が小さすぎて、体が出てこられないのは不幸中の幸いだ。けど、あんな力業で開かれたら、閉じるものも閉じられなくなるっ。

けれどサイクロプスの指に、次々と血の槍(やり)が降り注ぐ。その痛みに驚いたように指が怯(ひる)んだ。

槍を飛ばしたのは、もちろんアルバートだ。

さらに、アルマディナの拘束を解いたアルバートは、アンソンへ言葉を投げる。

「あれは俺の本意ではない。手ぐらいは貸してやる」

驚くアンソンが迷ったのは刹那。

すぐさまイシュバーンを構えて、強く巨大な目を見据えた。

「準備が整うまで頼んだ！」

本来のアンソンは快活で屈託のない青年だ。一度そうすると決めれば、何があろうと貫く潔さを持っている。

「目だ、目を狙え！　そこだけは回復しない！」

サーベルを抜いたアルマディナの叫び声に、アンソンは青い眼差しを、門から覗く目に合わせる。

サイクロプスの指が再び門の縁にかかり、またぐぐっと無理矢理広げられた。

かかる指が、五本から十本になる。

大きな一つ目を持った頭部と腕、そして上半身が、開いた門いっぱいにくぐり抜けてきた。

その腕が、周囲の檻をひしゃげさせて吹っ飛ばす。

それは単純でありながら、恐ろしいまでの暴威だった。あれに吹っ飛ばされたらひとたまりもないし、実際に飛んでくるものだけで十分に致命傷になりうる。

魔法によらない腕力と回復力が、サイクロプスのやっかいなところなんだよ！　しかも、魔界の門が無理に壊されたせいか、魔界の門から溢れ出す瘴気で汚染された魔力がどっと押し寄せる。

これが感じられない人間だって、ずっしりとくる体の重さや、強烈な暴力衝動に襲われているだろう。アンソンもアルバートも、酷く苦しげな顔をしていた。

けれど、私も準備を整えられた。

幻闇の障壁の維持に使っていたリソースを取り戻し、さらに盗聴用の影を極力減らして自分の余力を作る。影越しにも感じる、門からどっと忍び込んでくるそれを見据えながら、私はもう二本ペンライトを取り出す。

計四本にした私は、金色、紫、赤、青に輝かせる。

私の萌えゲージは最高潮なんですよ、語って良いよな。良いよね⁉

「敵同士が共通の目的のために一時的に共闘する、って超少年漫画の王道展開！　しかも本来はあり得ないアンソンとアルバートの夢の共演なんですよ。私がゲーム時代、困ったときにはお世話になっていたバランス型パーティ！　ここに超攻撃特化型の千草を加えても、火力支援のウィリアムを入れても対応しやすかった。めっちゃお世話になりました！　その二人が共闘してるわけですよ、最高じゃない⁉」

片手に二本ずつ持った私は、煌々と輝くペンライトを大きく振り抜いた。

「要するに、私の推しを侵そうなんて、絶許だから！」

影を通じて解放した浄化の魔力は、門から溢れる瘴気を押し流していく。

四方八方から流し込んでいるから、特定もされないはず。

アルバートの表情がわずかに変わり、身軽に飛び出す。よかった。体の重みがなくなったんだな。

けど思ったよりも手応えが重たいな。この出力でこれってことは長く持たせられない。

ぶっちゃけ偶然、引き当てるような魔物じゃないんだけどな、サイクロプス！　あんまり知能は高くないから、開いた出入り口に興味を持つタイプでもないし。

　でもこのサイクロプスは、明確に害意をもってアルバート達を狙っている。

　アルバートは、門から出た腕を残った槍で突き刺していく。が、刺さった端から傷が治ってしまうため、足止めにはなっていない。

　舌打ちしたアルバートは再び血を流して、鎖を引き出しサイクロプスの腕に巻き付ける。

　そして素早く駆け抜けると、室内の柱の一つに引っかけて勢いよく体重をかけた。

　関節が逆に曲げられたことでようやく痛みを覚えたのか、一瞬止まる。

　さらにアルバートは空いた手で生み出した数本の短剣を投擲（とうてき）し、爪の間に突き刺した。

　うっわ、えげつない！　サイクロプスは痛みには鈍くとも、さすがに急所には効いたらしい。

　短剣は返しでもついていたのかすぐには抜けず、サイクロプスの獣同然の咆哮（ほうこう）が響いた。

　のたうち回る腕だが、アルバートはさらに鎖を追加して拘束し、鎖の端に付けた杭（くい）を床へと穿（うが）っていく。

　しかしまだ拘束し切れていない片方の腕が、微動だにしないアンソンへ襲いかかる。

　あ、だめだ！　アンソンは動けないのにっ。私は息を呑みかけた。

　けれど、サイクロプスの指を受け止めたのはアンソンの盾。それを揺るぎなく構えていたのは、藍色（あいいろ）の髪をはためかせるアルマディナだ。

「借りは返したぞ！」

　腕が完全に固定されたサイクロプスの目が、無防備に覗いていた。

あれだけの暴威の中、微動だにせずに剣を構えていたアンソンが顔を上げる。

今彼は、目で見えるほどの青々とした、炎のような魔力に包まれていた。

「お前の炎はすべてを穿つ！　全霊で貫けイシュバーン‼」

アンソンの強烈な突きが放たれる。

アンソンの必殺技だ。刺し貫く蒼き炎（ブルーバーストランス）はゲーム内では事前に一ターン動けない代わりに、自分の攻撃力を数倍にした上、敵の防御力を無視してたたき込める。

サイクロプス戦では、攻略推奨キャラクター筆頭だった。私もめちゃくちゃお世話になった。

アルバートが足止めをしているうちに、アンソンが魔力を溜（た）める。まさに今の流れが必勝パターンだった！

そして蒼（あお）い炎の槍と化したアンソンの剣は、まっすぐサイクロプスの単眼に吸い込まれる。

青々と燃えさかる炎は、アルバートの槍を受け付けなかったそれを貫き、焼き尽くす。

サイクロプスの、耳をつんざくような悲鳴が反響した。

腕を固定していた鎖を外す勢いでのたうち回るが、目は燃やし尽くされ再生しない。

やがて、ぼろぼろと崩れ去り、サイクロプスは門の向こうへ消えていった。

よっしゃああ！　あの地獄の鬼を倒したぞおおお！

あれに何度泣かされたかっ。アンソンアルバート、アルマディナぁ本当にありがとう……！

私が二本持ちのペンラを振りつつ、感謝の祈りを捧（ささ）げていると、彼らは視線を交わらせる。

アンソンはアルバートの槍やサイクロプスの暴威で満身創痍（まんしんそうい）だ。アルバートも武器を生成したり、アンソンの剣を受けたりした結果、だいぶ消耗している。なによりブーストも切れてしまう。

けれど、アンソンはすぐにアルバートに剣を向けず、話しかけるそぶりをみせた。

どん、と扉を叩く音が響く。

『アンソンさん！　来ました！　開けてくださいっ、中は大丈夫なんですかっ！』

『悪い魔力は薄いですけど、魔界の門の気配がしますっ！』

リヒトくんとユリアちゃんがやってきたのだ。

やべえ、本来の計画だと、フランシスとアルマディナも連れて避難するはずだったのに。私の余力がない。行けたとしても、ここから逃げ出せるのは二人だけだ。

私はフランシスを振り向くと、彼はぐうと不機嫌に睨み返してくる。

「……こんな茶番、しなくったって良かったはずだろう」

「推しの前で、素を出したら恥ずかし死ぬでしょ」

「そういう配慮むかつくんだけど」

フランシスはすねた憎まれ口を叩くけど、ぐっとペンライトを握った。

「……くやしい、僕じゃないやつの解釈の方がかっこいいあの子を見られるなんて」

「それはようございました？」

いや焦っているけれども、私の布教が通じたのなら喜ぶべきことなので顔がほころんじゃう。

「だから、とっとと悪役らしく、僕を放り出せば良いだろう」

その一言で意図がわかり私は目を見開いたけど、迷っている暇はない。

「アルバート、今からフランシスと入れ替えるよ」

返事はできないだろうけど、それでも声をかけたあと、私はフランシスを影から出す。

間髪容れずアルバートの足元に影の道を作った。

「っ兄上⁉」

突然現れたフランシスに対して、アンソンは心底安堵を浮かべた。でもすぐ、アルバートに若干警戒した目を向ける。

アルバートは、余裕がないことなんて一切感じさせない、優雅な仕草で上着の襟を整えた。

「横やりが入って興が冷めた。どこへなりと行くが良い」

「っお前は一体何なんだ！」

アンソンの問いに、アルバートは背中越しに振り返り、口角を上げた。

「ただの悪党だ」

そのまま影の空間に落ちてきたアルバートは、着地したとたん荒い呼吸を繰り返す。

とっさに私は彼の背中を支えるが、金髪はあっという間に黒髪に、赤い目は紫に戻った。

「アル、大丈夫⁉」

「……さすがに疲れました。休めばなんとか」

うっちょっとよれたアルバートも良いけど、さすがに今萌え転がるつもりはない。

「ほんとお疲れ様、後は私がなんとかするから！」

できれば今すぐ離脱しなきゃとは思いつつも、私は一つだけ残した耳で会話を聞く。

無事なフランシスに心底ほっとしたアンソンは、今までの関係を思い出して躊躇してしまっているらしい。呼びかけようとしても、兄と呼ぶなというフランシスの言葉が邪魔して口を開閉しているだけだ。

けれど泣きはらしたフランシスは、無言でアルマディナの持つ盾を受け取る。

ずしり、と来るだろうそれに、フランシスがよろめくのをアンソンがとっさに支えようと一歩踏み出した。

「あにっ……」

「この盾は、重いね」

フランシスの呟きに、アンソンがぴたりと足を止める。声に険がないことに気づいたのだろう。

立ち止まるアンソンに、フランシスは盾を返しながら、言った。

「お前は、どうあっても、騎士を続けるんだね」

「……ああ」

アンソンが、低く、明確に肯定する。

フランシスには酷なことをさせてしまっている。と思う。でも私は悪役だから、容赦しないんだ。

硬い表情で見つめていたフランシスは、でもふ、と顔を緩めた。

「もう、僕の負けだ。……話そうか」

「あに、うえ」

アンソンが青い瞳を大きく見開く。その顔に歓喜が広がった。

うん、もう大丈夫だろう。

「その前に、この門をどうにかしなきゃいけないよ」

フランシスはそう言うなり、ひゅん、とペンライトを振るって扉を開く。

とたん、どっとリヒトくんとユリアちゃんがなだれ込んでくる。

「アンソンさ――ん！　うっわ、でっかい門⁉」

「まってお姉様の気配がします！　えっえっどうしてです⁉」

だから！　どうしてユリアちゃん気づくの⁉

私は動揺しながらもそれを見届けた後、影を通じて離脱したのだった。

エピローグ　不意打ちファンサは目の毒です

研究所の騒動から数週間後。

私は屋敷の執務室で、うちの子達が収集してきた情報の報告書をにまにま読んでいた。

あの研究所での騒動のあと、アンソンはフランシスとゲーム通りの会話をした。そしてリヒトくん達は、なんとか王様の異変に気づき、乗り込むことに成功。そこで、突然開いた魔界の門からあふれ出す魔物達を倒したのだ。

フェデリー王は、呪縛から解放された反動で臥せっている。他にも瘴気の影響を受けている貴族や研究者達が軒並みぶっ倒れている。彼らは粛清や穴埋めにてんやわんやらしい。

王都内は魔界の門が、まだまだ開きやすくなってしまっている。リヒトくん達は、その対処に王都に滞在しているみたいだ。

第二王子のウィリアムも、第一王子ヘンリーが代理で執政を行うのを補助しているらしい。

はーよかった。なんとかストーリー通り軌道修正できたよ！

さらに、リデルからの近況報告の手紙で、無事にアルマディナも勇者一行に合流したのもわかった。一石二鳥どころでなく、万々歳な気分だ。

「新聞でも、そろそろフェデリー王が病気で倒れたって報道されるだろうし。これで一旦解決ってところだろうね」

「お疲れ様でござった」

書類を整えてくれていた千草が、ねぎらいの言葉をかけてくれるのに、私は思わずやに下がる。

推しに仕事を手伝ってもらって、ねぎらってもらえるなんて幸せですかよ。

「千草こそお疲れ様。研究所では別働隊での撤退で無事に帰ってきてくれてありがとうね」

「いやいや。拙者が受け持ったのは、素早くはあったが一匹一匹処理すれば問題ないたぐいのもの。空良殿らの補助もあり楽でござったからな。むしろアルバート殿から、巨大な人型の魔物が現れたと聞いて、立ち合う機会を逃したことが悔やまれる」

「千草らしいなあ」

あのサイクロプスが実際にこちら側に現れていたら、千草とアンソンが連続で技を叩きこまなきゃどうしようもなかっただろう。だからあれで処理できてほっとしたよ。

するとこんこん、とドアがノックされた。

「しつれーしますよー」

私が許可すると、入ってきたのは空良だ。

ちょっとだけ落胆しつつも、私は手を止めて彼女へ向く。

「どうかした？」

「例の人、朝からずっと視聴室にこもっているんですよー。おとなしいんですけど、どうします？とお伺いに来ましたぁー」

「あーわかった、仕事も一段落したから私が話をしに行くわ。千草も連れて行く」

「りょーかいです。じゃあ書類てきとーに整えときますねー」

執務室に残った空良に手を振り、千草と共に向かったのは視聴室だ。

がちゃっと扉を開けると、壁にかかったスクリーンには、トーナメント戦を勝ち上がるアンソンが大映しにされている。スクリーンの前では、ソファに陣取ったフランシスが、片手にペンライトを輝かせながらかぶりつきで鑑賞していた。

昨日不意に訪ねてきた時は、もう驚いたってもんじゃなかった。

だってフランシスはもう名誉を回復したはずで、レイヴンウッドのお屋敷に戻っているはずだからだ。なのに、彼は祭り会場で聞いたつてをたどり、屋敷を特定して現れたのである。

いや実業家の屋敷として、秘匿しているわけでもないから、そこはかまわないんだけども。

わざわざ私と顔を合わせる理由がわかんなくてきょどっていたし。まだ思惑があるのかと警戒した。けれど、フランシスは私に包みを押しつけつつ言ったのだ。

『等価交換しないか』

その包みに入っていたのは、絵姿、当時からあった音声媒体などなど、幼少期のショタアンソンコレクションだった。プレミアム物の秘蔵品だ。無理だった。

『ショタ時代のエピソードも語ってくれるなら、私の視聴室全解放します』

私は即座に陥落した。

結果、フランシスは昨日からうちに寝泊まりしながら、延々とアンソンがちょっとでも映っている映像を総ざらいしている。今日も彼は朝から視聴室に引きこもっていたのだ。

私だって、仕事がなければ一緒にアンソンコレクション見直したかったさ！

フランシスは私が入って来るのにも意識を向けず、慣れた調子でペンライトを振っている。

「うっわ、僕の弟かっこよすぎないか」

あっ、冗談のつもりで教えた一時停止やらスロー再生を駆使してるし。最高のアングルを見直すなんて、コアな楽しみ方してるし。

これを朝からか。もはや極まったヲタクの行動だな？

私は感動するばかりだけども、千草はえっまじかよって顔を引きつらせている。

とはいえ、さすがにぶっ続けは脳が疲れてくるし。いい加減真意を問いたださないといけないので。

私は、再び操作をし始めようとするフランシスに声をかけた。

「フランシス、映像鑑賞は二時間に一回休憩を入れるのが基本だよ。映像は感じている以上に脳に負担がかかって、万全の状態で楽しめなくなるから」

ピタリと止まったフランシスは停止ボタンを押すと、くるりとこちらを振り返る。

「ご忠告ありがとう。やっとお前に教えてもらった映像の、三分の一が終わったところだよ」

「主殿（あるじ）がご用意されたのは四、五年分とおっしゃっておられなかったか……」

千草が戦慄（せんりつ）しているけど、まあその通りですね。と言っても単発が多いから、大した分量でもないんだよな。ＤＶＤＢＯＸ二箱分くらい？

それはおいといて。こちらに意識を向けてくれるフランシスに、私は腕を組んで問いかけた。

「ねえ、フランシス。あなたが私を訪ねてきたのは、アンソンコレクションを見たかったのが主な理由だろうけど。ついでに別の理由もあるよね？」

「主殿、それは逆ではないのか。コレクションを見たいというのがついでではなく？」

千草がぎょっとして私とフランシスを見るけど、お互いにとってはなんの驚きもない。推しが居るんなら、それ以上に優先すべきことなんてないでしょう。

フランシスは肩をすくめてみせた。

「そうだよ。お前が僕の知らないアンソンを知っているだろうと思ったから、逃げられる前に教えてもらう気だったのが本題。もう一つは、君、僕を雇わないかい？」

おっとそれは予想外だった。

私が目を丸くしていると、フランシスはくるりとペンライトを手の中で回した。

「このペンライトは悪くないけど、専門外の僕でもわかるくらい無駄が多い。実験場で使った魔法も、お前が独自に編んだものだろう。発想は感心するけれど、改良加えた方が効率的に省魔力で運用できるよ」

うっそう言われると弱い。ペンライト型の杖（つえ）は杖としての運用を考えてないまま使ってるし、魔法は手癖だ。……いやね、とりあえず使えりゃいいか精神で、その場しのぎでやっちゃうもんだから。日々雑務に追われて後回しになってましてて。

うちの子が使っている魔道具も、魔法の調整は勘だから壊れやすい。専門家の意見が聞けるのならめちゃくちゃ欲しい。

けれど私をプレイヤーと呼んで嫌っていたフランシスが、どうして手を貸すと言ってくるのか。

「貴殿は、主殿と敵対しているのではないのか?」

まさに私が考えたことを代弁してくれた千草は、さりげなく柄に手をかけている。

おっと結構好戦的だな？　けれどフランシスはあっさりと肩をすくめた。

「僕が許せなかったのは、アンソンが死ぬことだけだ。けど、あの子は自分の意思であそこにいるってわかったから。良くないけど良いんだ。それに、プレイヤーのそばで見ていた方が、アンソンの窮地に駆けつけやすいだろう?」

「結構言うじゃない？　ずいぶんな変わり身の早さね?」

私が揶揄しても、フランシスは動じなかった。

「だってあの子に『のんびり研究をして欲しい』って言われたんだ。なら現状、僕と利害が一致しているお前に、技術と知識を買ってもらうのが有効だろう?」

「主殿を利用されるつもりか」

千草がまじめに刀を抜きかけるのを、私は抑えた。いやあここまで利用する、って宣言してくれるとすがすがしい。

「確かに私は、あなたの知識と技術と知恵は欲しい。けど、さすがにアンソンのことに言及するたびに、喧嘩を売られるようなことは嫌よ?」

「アンソンの良さは僕が知っている。他の子がどう思おうとそれは別のアンソンだし、気にしないことにした。人と交流すれば、違うアンソンが見られるってわかったし」

なるほど。今回私のコレクションを眺めていたのは、自分が耐えられるかを確認している部分もあったんだね。

「ならいいわ。私の依頼を受けてくれるのなら、あなたを支援する。私はエルアで通ってるから」

「じゃあよろしく、雇い主」

ぎゅ、と握手を交わした私は、早速彼に大事なことを聞いた。

「で、一番聞きたいんだけど。なぜあなたはプレイヤーって単語を知っていたの？」

「ええ？　話はとりあえず終わっただろう？　今アンソンの良いところだから終わってからで」

「フランシス殿」

「……もう、暴力に訴えるのは悪い文化だと思うんだけど」

ちきり、と千草が笑顔で鯉口(こいぐち)を切ったことで、フランシスはやれやれと息をついた。両手の指を組んで私に目を合わせる。

「まあ、簡単だよ。僕が実際に勧誘されたんだ。プレイヤーと名乗る人物に、『魔界の門の研究をしてくれ』ってね」

フランシスが再び映像にかぶりつくなか、視聴室を後にした私は腕を組んでぐう、と考えこむ。

『フードの陰になっていて顔は見えなかったし、声からも性別はわからなかった。けど人の形はしていたよ。とはいえ、アルマディナみたいな魔族もいるからな。種族までは特定できない』

『フランシス、なんでその人に協力しなかったの？』

『あいつはアンソンに対して、まったく思い入れがないように見えたから。そんなやつに手を貸してやるわけないだろう？　まああっさり引き下がってくれたしね。僕が知っていることなんてそう多くない。ただ、アルマディナのことはアンソンの夢を通してアルマディナを知っていて、彼女と「フェデリーの魔界の門研究を止める」って利害は一致していたから協力した。僕が話せるのはそれくらいだよ』

彼から聞いた話を要約するとそんな感じだ。

自分以外にもプレイヤーがこの世界にいるかもしれない事実に驚いた。けど、その可能性を今まで考えなかったわけじゃない。

ううむ、一体何を目的にフランシスに接触したのか。めちゃくちゃ相談したい。

「アル、どうおも、う」

言いつつ顔を上げても、そこにアルバートはいない。気まずそうな千草が見返してきている。

なんだかんだ言っても、こんなに彼が側(そば)に居るのが普通になっちゃってるんだもんなあ。

「やっぱり、アルバートに避けられてるよね」

私が指で頰を搔(か)くと、千草がぎくりとうさ耳を揺らしてうろたえた。

「き、気づいておられたのか」

「まあ、ここは私の屋敷で、彼は大事な従者なので薄々ね。アルバートがああなった理由に、心当たりがあるし」

「なんと⁉　アルバート殿は通常通りの業務をこなされていたでござろう？」

千草の言うとおり、アルバートのお勤めは表向き変わらない。

他の商会とのやりとりはもちろん、朝のおはようから夜のおやすみまで生活を支えてくれる……あれ私、最推しに何させてるんだ？　まてまて正気に返るな、今回の問題はそこじゃないんだから。

びっくりしている千草に、私は曖昧に笑ってみせる。

「そうなんだけど。完璧にこなしすぎて、いつにもまして私に口を挟ませようとしなかったからね」

アルバートはそこら辺、悟らせないように誘導するのめちゃくちゃうまいから。

もう一つ理由はあるんだけど、これは繊細な問題だからさすがに千草相手でも言いたくない。

千草は私の言葉に納得したようで、神妙な顔になってうさ耳をしょんぼりと伏せた。

「いや、拙者も伝えず申し訳ない」

「良いのよ。あなたもアルバートの発散につきあってくれていたでしょう」

「なんとそこまで」

「へへへ、空良達から報告してもらっていたのもあるけどね」

千草にちょっと得意になってみせたけど、さてどうしたものか。

原因は十中八九、アルバートが私にキレた日のことだ。あの後、我に返った私も羞恥と気まずさに襲われた。けど対フランシス作戦の準備で大忙しで、深く考える暇もなく打ち合わせするしかなくてね。作戦当日の吸血だって、普通に済ませられたから、アルバートは気にしてないのだと思ったくらいだ。ドギマギしていたのは、私だけって。

でも、むしろアルバートのほうが気にしている。

「ううん、どうしたものかなぁ」

「アルバートさんが拗ねてることですかー」

ひょこと現れたのは空良だ。猫の細いしっぽをゆるりと優美にくねらせた彼女は、チェシャ猫みたいににんまりとわらった。

「わわっ空良⁉　拗ねてるって、アルバートに聞かれたら睨まれるわよ」

「いーんですよ。アルバートさん、仕事の能率落ちてますもん。自分でもわかっているはずなのに、エルア様に隠そうとするんだから。今みたいに絶対ばれるのにやるんだから、拗ねてる以外にないじゃないですか」

いやあ空良はアルバートに対して辛辣だな。

それも当然かもしれない。私とはアルバートの次につきあいが長いし、彼女くらいしかアルバートにはっきり意見ができる人がいないんだし。貴重な人材である。

そんな空良は、楽しげに笑いつつ続けた。

「ま、拗ねてる理由をエルア様はご存じでしょ。男なんて可愛くて単純ですから、好きな女にひっつかれれば、機嫌なんて一発で治りますよ」

「……うん？　あれ、まって空良。もしかして私が考えていた理由と違う？」

あの夜のことだと思っていたのに、空良の口ぶりだとそれ以外にもあるみたいじゃないか。

「ありゃーエルア様、一回喧嘩したときのことだけだと思ってました？　違うんじゃないですかねー。きっかけではあるんですけど、基本はあれですよ。あ、千草さんは耳ふさいで、聞こえなかったふりですよー」

「う、うむ？」

千草がおとなしくうさ耳をぺしょりと押さえたのを確認すると、空良が私の耳に口を寄せてぼそぼそと話をしてくれる。

「アルバートさん、エルア様が疲れた時に、自分よりあたしを頼ったのが残念だったんですよ。しかも恋人になったのに、甘えてこないのが寂しいんです。愛されてますねー」

ぶわっと顔に熱が集まった。

思わず空良を見れば、明らかに揶揄する表情だ。

「うえっ。まさか、えっ」

「エルア様は推しに対して、目が曇りまくってますからね。そういう思考に至らないのはしょうがないんですけど、そろっそろにぶいアルバートさんでもかわいそーなので」

「う、あ、はい。でもほんとそれ、なの……？」

こそりと聞くと、空良はそれはそれは人の悪い笑顔を浮かべた。

「ためせばすぐわかりますよー」

千草はうろたえながらも律儀に耳を押さえ続けている。

そんな中、私はぐぐ、とうなる。それはとても、ハードルが高い、けれども……。

こほん、と咳払いした私は、覚悟を決めた。

「じゃ、じゃあ私が供給過多で倒れる可能性もあるので、半日ちょっと任せても良いかしら」

「りょーかいしましたー」

空良は心底楽しそうにしっぽをくねらせながら、ちょこんと頭を下げた。

同じ屋敷内にいるアルバートだけども、実は意外と共有している時間は少なかったりする。

ただ、それでも私はだいたい彼がいる場所は把握していた。

吸血鬼の側面が強いアルバートの、本来の生活時間は夜だ。なのに私に合わせて昼に活動して夜に眠る生活をしているから、日中パフォーマンスが落ちやすい弊害がある。

特に真祖の血を取り込んだことで、それは顕著になっていた。元々体も強いし体力もあるんだが、それだけじゃだめな時はあるもので。

そういう時、アルバートはこっそり休んでいる。ほんの五分くらい、長くても三十分くらい仮眠をとっているのを知っていた。使用人の中で気づいているのは、空良を含めてごく少数だ。

アルバートを屋敷内で見かけない時には、そういう場所で休んでいるから絶対に邪魔をしない。

私も強いて探すことはしなかったが、今日はまじめに歩き回った。

今日はじりじりと日差しが強いから、たぶん外じゃない。ひんやりして、日差しが入ってこなくて、人気のない……だけど何か異変があったら、すぐにわかるような場所だ。

足音はあえて殺さずに、私が向かったのは図書室だ。

扉を開けると、案の定いつもの執事服をきれいに整えたアルバートが立っていた。

「失礼しております。なにかございましたか」

「フランシスに話を聞いたから、相談したいんだけど」

「かしこまりました。では記録をとりながら」

「その前に」

いつも通り、てきぱきと算段をつけようとするアルバートを私は止めた。

無言で紫の瞳を向けてくるアルバートに対して、ちょいちょいとソファを指差した。

「そこに座って」

うちの図書室はみせかけじゃない。私が趣味で集めたこの世界の資料が詰まっていた。ちなみに、ヲタ活用の本棚とは隠し扉でつながっています。あんまりお客さんが来ないとはいえ、万が一見られたら私の精神が死ぬからね！

それは余談だけども、図書室には本を読みながらぐーたらできるように、座面が広いソファを設置しているのだ。ラグも標準装備で、クッションも常にふっかふか。ぶっちゃけ、こっそり昼寝スポットになっていることを私は知っている。

うちの子が自由に利用して良いことにしてるし、むしろどんどん使って！　って思っているしな。

アルバートが休憩に使うのも妥当だ。

彼は一瞬いぶかしそうな顔をしたけれども、大人しくソファに座る。よかった聞いてくれて。

ほっとした私は意を決して、アルバートに近づくとその膝に腰を落とした。

「……っ!?」

彼が驚くのを背中で感じながらも、私は彼の腕を取ると、自分の前にもって来させる。

うわぁ今、私の心臓はどっきどきばっくばくですよ。しょうがないじゃないですか、だって推しに自ら接触しているんですからね。こんな恐れ多いことしても良いものかと思うけど、これが一番効果的なのだ。アルバートは、言葉より行動で示された方がわかりやすいタイプだから。

手に取ったアルバートの腕は細く見えるけど、筋肉と重みがあって、しっかりと男の人なんだなって感じる。思わず滾ってしまうが全力で抑えた。

そう、今は超まじめなので。

「……エルア様、どのような意図か教えて頂いてよろしいですか」

背後から、アルバートの固い声が響く。その声の近さにもひっとなった。

けどそりゃそうだよな、突然膝に座りこまれたあげく、抱きしめる姿勢にされているんだから。

普通の従者ならセクハラで訴えられるわ。けれども私は覚悟を決めているので、こう答えた。

「とても疲れたので、推しに甘えて癒やされている図です」

「……なにか悪いものを食べましたか」

「そんなめちゃくちゃ真剣に言われると、さすがに傷つきます」

らしくないことをしているのは自覚しているよ！　普段アルバートは観賞用！　って言っているのに真っ向から触りに行くなんてさ。

とはいえちょっとふてくされはするので、私はこの際だからとアルバートの左手を取った。

エスコートも多いから、アルバートの手を取ることはあるけど、改めて見ると大きい。

手袋に包まれているから骨張った筋とかは見えないけど、ざ、男の人って感じだ。何より手袋と袖（そで）の間から見える手首が、恐ろしくエロい。絶対黄金領域の一つだと思う。うわあすごいよな手の形まで美しいとか。

にぎ、にぎ、ともてあそんでいると、私が捕まえてない右手が動く。

私の栗（くり）色の髪をかき分けて、するりと首筋を撫（な）でた。

「こんなに鼓動が速いのに、休めるんですか？」

「仕方ないじゃない、だって自分から推しと接触しているのよ」

そりゃあ脈を計られれば、心臓がやべえのも想像つくよな。もしかしたら背中からも鼓動はわかるかもしれない。

だけど、普段のアルバートなら、腹に手を回すくらいはするのに今日は一向に動かない。

「前回から時間が経（た）っているわよ。血、いる？」

「普段の食事だけで問題ありませんよ。燃費はだいぶ良くなっていますから」

「嘘（うそ）つき、休憩時間増えてるの知っているのよ」

無言になったアルバートを、私は意を決して振り仰ぐ。彼の感情の色が薄い顔に向けて語った。

「あのとき、怖いとは言ったけど、嫌とは言っていないのよ」

私にされるがままだったアルバートの手がぴく、と動いた。

やっぱりそこだったか。と私はなんだか申し訳なさと同時に、じんわりとこみ上げてくるものにこらえた。萌えもあるけれど、今回はアルバートに対する愛おしさが勝る。

「アルバート、私を追い詰めて楽しかった？　泣いた顔に興奮した？」

私が問いかけると、アルバートは眉宇を顰めた。

「……何を言わせたいんです」

「なあんにも」

そうだったら嬉しいなあと思うけど。

今度こそ力を抜いて、私は彼の体に背中を預けた。

ゲーム時代のアルバートと今の彼が違うとはいえ、根幹は同じだ。二次創作と考察を現実と一緒にする気はない。それでも私は彼を一番見てきたと自信を持って言えるんだ。

アルバートは愛し方が歪だ。ごく少数の懐に入れたものはとことんまで大事にするけれど、自分だけを映して自分だけに注目して欲しい想いを密かに抱えている。それが甘やかすになるか、痛めつけるになるかはその時々で変わる……要するにドSなのだ。

独占欲とはまた違うんじゃないかなーと考えている。それでも、私が推しを推し続けるのを許してくれることが、奇跡みたいなもんだと思ってた。

人によっては、アルバートは推すけれども友達、恋人にはしたくないって意見もあったけれども。私と言えば。

アルバートが、固い声で問いかけてくる。

「あなたは、被虐趣味はないでしょう?」

「そりゃあ痛いのは嫌だし、全力でご遠慮申し上げるけども。アルバートがそれをしたいって言うんなら良いよ」

彼が息を呑んで、私の手の中にある左手が逃げようとする。

私はすかさずその手をぎゅっと捕まえて、彼の見開かれる紫の目を見つめた。

なんだ畜生、まだ伝わってなかったのか。

「まだ私が信じられない?」

あなたが好きだというこの気持ち。アルバートと出会ってから十年ずっと言い続けているけど、はじめの一年くらいは鼻で笑われていたさ。その後五年くらいで理解してもらえたけど、けっこう淡々としていて、いつかは飽きるだろうって顔で見られていた。

今でこそ100パーセント自信を持って、私の推したい気持ちに納得してくれている。告白すらしてくれた。けど、彼の性格上私が好んでいるだろう「ゲーム上の自分」や「一般的以外」から外れる欲求は、隠そうとすると思うんだ。たとえ彼本来の欲求でも。だから何度でも伝えて行動するよ。

「私はあなただったら受け入れるし、あなただけは私を好きにして良いんだよ」

見上げたアルバートはす、と表情を落とす。それは彼が一切感情を取り繕わなくなった合図だ。アルバートはにこにこはしないけれど、普段は当たり障りのない表情を装っているからな。彼が表情をなくすと端整さが強調されて、いっそ怖いほどの冷たさを帯びる。

私が捕まえていた彼の左手がくるりと反転し、私の指と絡めて握った。身をかがめられ、耳に密やかな声が落とされる。

「俺、あなたの苦痛にゆがむ顔も好きなんですよ」

「それちょっと違うでしょ。あなたに与えられる苦痛でいっぱいになっている私、が好きなんじゃないの？」

ゆっくりとアルバートが瞬く。自分でも思ってもみなかったとでもいうような、虚を衝かれた表情だ。うんうん、私が痛みを感じている間は、あなただけに向いていると実感できるから、でしょ。

どれだけあなたにぐずぐずに溺れていると思っているの。こうして手を握ってもらえるだけで、嬉しさで舞い上がりそうなのに。

ゆっくりと、私の指の間を擦るように撫でながら、アルバートは問いかけてくる。

「俺が、俺以外をその瞳に映すな、と言えば？」

「あれ、言うの？　私が萌え散らかしてるのも好きなんでしょ？」

あっけらかんとしてみせれば、アルバートは硬直する。

だって前にも言ってたし、彼の生き生きしてる私を見る目が、呆れつつも楽しそうだもん。まあ、アホの子を愛でるようなものなのが恥ずかしいけども。

「……っ」

「まあ、私もできない約束はしないし、残念ながらこの思考は筋金入りだからなあ。あ、でも今のアルバートなら、頑張れば眷属化できそうだよね？　私をそうするにしても、魔神を倒すまではちょっと待って欲しいかな」

「本気ですか」

アルバートの、にわかに信じがたいとでも言いたげな、かすれた声音に思わず顔がほころぶ。

いやあそんな風に確認してくれるなんて、冗談やたとえばでも嬉しいなあ。アルバートが私を独占したいってことじゃない。こんな風に考える私も大概だと思うんだよな。

私のにこにこ顔で本気を悟ったんだろう。押し黙る彼に私は続けた。

「それに、さすがに推しだからって何をされても良いとは思わないよ。こんなこと言うのアルバートだけなんだから」

ぐ、とアルバートの唇が震えた。

ゆらゆらと紫の瞳の色彩が揺れている。青が強くなったり、赤みが入ったり。ああきれいだなあと思う。理解できないものを見るような、でも私の真意を根こそぎ暴こうとするような眼差しだ。

長い沈黙の後、ぽつりとアルバートが言った。

「そんな風に言っていると、いつか俺に殺されますよ」

「うん？　アルに殺されるなら最高じゃない？　私、ろくな死に方しないだろうと思ってるしねー。こっちに来てから私だいぶ色んなことしたからね。悪い人間になったもんだぜ。」

最期を最推しの手で迎えるのは、ヲタクとして罪深くも夢の一つだ。それを体現してくれるなんて、アルバート優秀すぎないか。

感動しながらもにこにこしていると、私を見つめていたアルバートが深ーく深ーくため息をついた。そりゃもう地下に届くんじゃないか、っていうくらい深いやつだ。

「あなたが死んだら、すぐに追いかけますので」

「えっそれ駄目じゃんアルバート生きなきゃ⁉」

「あなたを一人で逝かせるわけにはいきません。せいぜい死出の旅までお伴しますよ」

「あ、待ってそれなら殺さないで、アルバートが生きていないなんて耐えられない！」

これはゆゆしき事態ですよ。なにがなんでも生き延びなきゃいけなくなった。

わたわたとしてしまっているが、まって。アルバートが私の手を握りつつ指をすりあわせてくるのがくすぐったいんですけど。ささやかなのに、絶妙に無視できない感触がドキドキする。

けれど、なぜかアルバートはもどかしげに眉を寄せた。

そのまま空いている右手を口に持っていくと、手袋の指先を噛んで無造作に外したのだ。

へ、まってくださいアルバートさん、えっちすぎでは？？？

ひぃ、と息を呑む間もなく、アルバートは手袋をぞんざいに捨てる。彼の露わになった右手が、私の頬を撫で、首筋をなぞっていった。

素手だと少ししっとりしていて、手袋越しとは違う生々しい感触に硬直する。

アルバートの手は私の肩をたどり、腹に下りてくると、私を抱き込んで、ぎゅうと苦しいほど力をこめてきた。心臓はすでにばっくばく鳴っている。私はこのときめきを叫びたい衝動に駆られたけど、なんだかその腕がすがりつくようで必死でこらえる。

アルバートは私と絡めていた左手の指を外すと、その手袋も中指を噛んで脱ごうとする。

えっお代わりあるの⁉

つい、ごくりと唾（つば）を飲み込んだ私に気づいたのだろう、アルバートは視線に愉悦を乗せた。

ゆっくりと、見せつけるように手袋を脱ぎ捨てると、ぽとりと落とす。

普段、ものは大事に扱うのに、それが彼の余裕のなさを表しているようで。

アルバートは露わになった左手で、私の頬を撫でた。

体温が、近い。

彼がちいさくため息をついた。

「少し馬鹿らしくなりました」

「なにが？」

「あんなことをされた後でも、あなたは俺に抱き込まれるだけで、こんなに胸を高鳴らせているのに。今更悩む自分がおかしくて」

「やっと、わかってくれた？」

私はめちゃくちゃほっとした。けど、頬を包んでいた手が、首筋を細やかに滑っていき、指がだんだんと私の体温になじんでいくのにぞわぞわする。

アルバートの指先は腕をたどり、私の左手に手の甲からするりと指を絡めて持ち上げた。

そのまま、私の手のひらに口づけると、額を押し当てる。

まるで、私がここに居ることを確かめているみたいだ。あるいは、自分の触れていい物だと印を付けているような。吐息に紛れてしまいそうな彼の笑いは、愉悦なのか、それとも安堵なのかわかんないけど。どっちにしろ美味しい。アルバートの蜘蛛の巣にならら喜んで飛び込むからな。

「エルア様」

「なあに」

いつの間にか腹に回されていた右腕がほどけ、私の首筋を撫でている。

ちらと見上げたアルバートの横顔はいつまでも見ていたくなるほど美しく、感情の色が薄い。でも人形というには、その表情にある色は生々しかった。

「さっきはああ言いましたが、喉が渇いているんです」

「いいよ」

簡潔に答えると、アルバートは躊躇なく首筋を食み、かぷりと牙を立てる。

私の頬をアルバートの髪が撫でて行く。いつもよりも、じんわりと牙が沈んでいくのを感じた。

痛くないのにはほっとして、しびれるような違和感がくすぐったくて思わず笑ってしまう。

手は握られたまま、再び右腕が私を抱き込むように回り力をこめられた。

首筋を食んだ時の躊躇いのなさとは裏腹に、ゆっくりと吸い上げるのだ。そのまま味わうように丁寧に唇でたどってゆく。

温かくて、優しくて、心地良くて。図らずも癒やされて、なんだか眠くなってきた。

アルバートの吸血衝動は引いたんだろう。顔が上げられたけれど、腕も手も離れない。

「どうしたの？」

「少し寝ます」

え、と思ったとたんアルバートに抱き込まれたまま、ソファにぽすりと横になる。

…………………は？　えっまって。たたた確かにね、このソファ寝転がって読めるように、広めに作ってあるよ。でもまさかそんなことをするとは思ってないでしょう⁉　しかもいつの間にか向かい合う形になってるしっ！

「ちょっアルバート⁉　いやっえっまっ」

目の前にアルバートの、ジャケットとベストに包まれた胸がある。

低い体温を感じながら、よりぎゅうっと抱きしめられた私は声をうわずらせた。けどアルバートは、私のちょっと癖のある髪を撫でるばかりだ。あ、ちがう、くつくつ笑ってる。

「さっきのほうが、ずっとすごいことしてたでしょうに」

「あ、あれはあれ！　これはこれだよ！　というかいまさらアルバート萌えがじんわりと押し寄せてきて心臓痛いし、めちゃくちゃときめき止まらないわ。手袋を歯で脱ぐなんてどうやって覚えた」

「ただの利便性ですよ。あなたが先ほど言いかけたフランシスのことは気になりますが」

「あっそうだよ実は」

言いかけたら、とがめるようにぎゅっと腕の拘束が強まった。うわあまた近づいたァ⁉

ふ、とアルバートに声を落とされる。

「後にしてください。あなたも少しは休んだ方が良い」

「ううう……」

耳元でささやくなんて卑怯（ひきょう）だぁぁぁ！！！！

これは絶対休まらないんですけど。心臓ばくばくしているんだけども！

だけど、そろりと見上げると、アルバートの表情は気が抜けたように穏やかでなんも言えない。

ついでにどアップの彼に、心臓を持って逝かれたため黙り込むしかない。

しかも、ふ、と笑ったアルバートが私の目の前で目を閉じたんだぞ⁉

あああぁぁぁ……！　と叫びたくなるのを全力でこらえた私は震えながらアルバートの腕に収まり続けるしかなかった。

だってアルバートが人のそばで眠っているんだぞっ。すぐ起きられるように眠りが浅いだろうけど、それでも気を許しているわけで。騒いじゃダメだ、呼吸音すら妨げになるこの眠りを守りたい。

ただ、これだけは、言わせて欲しい。

「推しが尊くてしぬ」

いろいろ考えなきゃいけないことはあるけれど、それだけ吐き出した私は。

一生懸命目をつぶって眠ったふりをしたのだった。

今日も推しからの過剰供給に尊死しつつ生きてます。

番外編　月の兎（うさぎ）はなぜ跳ねる

兎月千草（とげつちくさ）の朝は、夜明けと共に始まる。

覚醒（かくせい）したのは己の住み処（すか）となった、己（おの）が主（あるじ）としたエルア・ホワードの屋敷にある一室だ。

この屋敷では、基本的に使用人にも個室が与えられる。そのため、新参者の千草にも部屋を宛（あて）がわれていた。ここの使用人達は屋敷の維持だけでなく、別の任務を帯びることも多い。それらに使われる、特殊な道具の保管などにも必要なのだろう。

どのような環境でも眠れるとはいえ、耳の良い千草にとって、防音の良く効いた部屋は助かる。

なにより、絨毯（じゅうたん）を敷くことで、故郷のように素足で生活できるのは嬉（うれ）しかった。

ざっと身繕いをした千草は、壁に引っかけていた草鞋（わらじ）を取り、丁寧に足へ結わえ付けてゆく。

十和（じゅうわ）から出て様々な履き物を試したし、どんな足ごしらえでも動けるようにはする。が、これが一番落ち着くのだ。

ぐっと足指を曲げ伸ばしして確かめ、満足した千草は、刀掛けにある簡素な黒塗りの鞘（さや）に収まった萩月（はぎづき）に向けて正座した。

「父上、母上、故郷の皆よ。今日も拙者が務めを果たすのを見守っていてくれ」

そうして手に取り、日課の外駆けに出た。

リソデアグアの地形は起伏に富んでおり、一周すれば足腰の鍛錬には十分だ。

日が昇り始める頃、薄く汗がにじむ程度で屋敷に戻った千草は、そのまま鍛錬場に向かう。

千草は基礎鍛錬と型を繰り返すのを日課にしており、誰かが居れば模擬戦を行うこともあった。

広々とした鍛錬場には、外からその規模がわからない偽装が施されており、外観よりもずっと広く、様々な器具が準備されている。

鍛錬場の入り口に近づくと、うさ耳に誰かが居る気配を聴いた。この軽い音は暗器のたぐいだろう。

無造作に引き戸を開けると、鍛錬場を縦横無尽に走っていたのは、黒髪の青年、アルバートだ。

いつも一分の隙もない執事服を着ているが、今はジャケットを脱ぎ、シャツをまくった姿でいる。

己の主人であるエルアがこの場に居れば、その場に崩れ落ちるだろう。が、千草はただ動きやすそうだと感じるだけで、ついでに言えば見慣れた光景だ。

アルバートは千草を一瞥したが、足を止めることなく、たんっと踏み込み宙に体を躍らせる。

そして、宙につり下げられていた的へ向けて、いつの間にか持っていたナイフを投擲した。

ナイフは的へ突き刺さる。アルバートは積み上げられた足場を蹴り、反転して壁の的へ次のナイフを投げる。

不安定な姿勢にもかかわらず、それもまた的の真ん中へ命中した。

「おお、アルバート殿。今日は早いのだな」

「単に寝てないだけだ。別件があったからな」

「なるほど、主殿が起きるまでの時間つぶしでござったか」

千草の言葉に、アルバートはナイフ投げを続けながら応じる。

こういう風に顔を合わせることも珍しくない。鍛錬場を一人で使える時間は貴重なため、アルバートは深夜から早朝にかけてよく利用している。逆に早朝が動き始めの千草とかぶるのだ。

彼がナイフ投げの練習をしていても、鍛錬場には充分余裕がある。千草も自身の稽古（けいこ）をしようと部屋の隅に向かう。

「千草」

そう、呼ばれた瞬間、千草が身を引くとナイフが通りすぎた。ナイフはすぐ側（そば）にあった障害物に突き刺さると、鮮やかなペイントをぶちまける。

普通の人間なら、敵対行為と取られてもおかしくない行動だ。けれど、投げられたナイフは一定の衝撃を与えられると、塗料として砕ける殺傷能力の低いもの。しかも名を呼んでから投げられたのだ。千草には脅威ですらない。

アルバートも大した感慨もなく、再び同じナイフをずらりと手にして続けた。

「動かない的が退屈だと思っていたんだ。付き合え」

「やり返しても問題ござらんな」

「できるものならな」

さらにこういった率直で端的な誘いは、千草にとっては故郷を思い出す心地（ここち）が良いものだ。

読み合いは一瞬、千草は強く地を蹴り駆け出す。

ナイフはその足に追いつこうと突き刺さり、色とりどりに汚していく。

アルバートは直接攻撃には移らず、投擲武器のみに徹するつもりらしい。

だからといって、足が速ければ問題ないわけではない。

彼は何せ、千草の速さを追えるのだ。

アルバートは軽い跳躍音とは裏腹に、鋭く千草の眼前に飛び出してきた。千草の眉間へ刃を投擲する。千草は強引にしゃがみ込み、反転して離脱した。

ぴっと、頬に刃の通る風圧を感じ、思わず笑みをこぼす。

千草は軌道が読めないよう頻繁に方向転換をするが、ことごとく予測される。

これはさすがに丸腰は厳しいか、と壁を蹴り障害物を利用しつつ走った。アルバートはそれも織り込み済みだろう。障害物の間を跳ねる千草に向けて、次々ナイフが飛んできた。

しかし、ナイフも無限ではない。千草は彼の手の中にあるナイフの数を数えていた。

残り五本、突き刺さるより先に駆け抜ける。

四本、三本、軽く跳躍する。足が浮いた虚空をナイフが貫いた。

残り二本、胴を狙うそれを、千草は体をひねって避け、深く床に沈み込む。

残りの一本、とっさに首をかしげると耳の先をかすめた。

とった。

千草は着地と同時に、足裏全体で地を掴み踏みしめ、最高速度に乗るために蹴り飛ばした。

ブチ、

「っ⁉」

足元の感覚に千草はかすかに動揺したが、かまわず加速する。

しかし想定よりも速度は出ない。足りない。

眼前に迫るアルバートは、後ろに跳びつつ、おもむろに隠し持っていた一本を握った。

千草はそれが振りかぶられる前に、鞘ごと萩月を抜く。

甲高い音と共にアルバートの手から最後のナイフがはじかれ、空中でペイントをぶちまける。

腕をはね上げられて立ち尽くすアルバートだが、千草もまた踏み込みが足らず、二ノ太刀が出ない。

そして鍛錬場の戸が開かれた。

「アルバートさーん、千草さんも。そろそろお掃除して来てくださいねぇー」

薄い青の毛並みをした娘、空良が優美に尻尾を揺らしながら語る。

それを合図に、千草とアルバートの緊張が一気に緩んだ。

「最後の一歩、踏み込めばお前の勝ちだっただろう。なにがあった」

はじかれた手をさすりながらのアルバートに問いかけられ、千草はそろりと自分の足元を見下ろして、悄然とうさ耳を折る。

「草鞋をダメにしてしまった」

そこには、紐が切れた草鞋のなれの果てが引っかかっていた。

今日はエルアと共に朝食を、と言われたために千草は彼女と同席した。

ふんわりとした栗色の髪を丁寧に整え、きれいなワンピースを着た彼女は、一分の隙もない美しい淑女に見える。

「失礼する」

が、千草が傍らに座ったとたん、エルアはひっと息を呑んだ。

がたがた、椅子を揺らして身を引き、たちまち頬を紅潮させて口元を覆う。多少は慣れたとはいえ、その熱を帯びた全身全霊の好意の動揺は、こちらも思わず赤面してしまう。

「えっえっアルバートなんで⁉　いつもみんなのご飯に混ざるのだめって言ってるのに」

エルアは狼狽えた声のまま、アルバートに問いかける。

アルバートは給仕の準備をしながら淡々と答えた。

「あなたへのご褒美です。この後も乗り越えていただかなければいけませんから」

「一緒に食べるなんてむしろオーバーキルです、ありがとうございます‼」

勢いよく言い切ったエルアに、千草はびくっとうさ耳を震わせてしまった。戦場では敵に思考を読ませないことなどたやすいにもかかわらず、ここだとどうにも態度に出てしまう。

「うっ照れ千草たんかわいい……」

うっとりとエルアが呟いているのだから、まあ良いのだろう。……武人として以外の部分で喜ばれるのは、少々居心地悪いが、悪い気分ではないのだから。

侍として育てられた己が、まさかこのようになるとは思わなかった、と思いをはせる。

千草は十和の兎族の集落で生まれた。両親とも仲は良かったが、剣の才能を見いだされた千草は兎月流の門下となり、師の養子に入った。そこから牙を磨いた結果、当時最年少で「兎月」の名を戴いたのだ。娘である前に武人となった千草には、いろいろな情緒が欠けているのだろうと思う。

だが、それを悟っていたらしい師は、自分に指針とするべき道と信念を教えてくれた。

「武技に恥じぬ行いをし、主君に全霊を以て仕えよ」

兎月の牙は、何よりも鋭い。むやみに振るえばただの獣と変わらぬ。個ではなく牙であるために、振るう先を間違えぬ主君に捧げることが、至上の喜びとなる。

主君を戴く師は強く、刃は鋭く、その強さにあこがれた。

師の言葉を聞いていれば、高みに至れると思っていたが、師の望む通りの牙にはなれなかった。

だが、その代わりに他を生かすために「悪」となるエルアに惚れ込んだ。

エルアのように何かを愛でる、という情緒はよくわからない。が、師の教えも関係なく、この人の信念を貫くための牙でありたいと願えたのだ。

アルバートをはじめとする同僚達も皆気が良く、なにより腕が立って面白い。

故郷が滅び、十和を出奔して以降、様々な地をわたり歩いたが、ここにたどり着けたのは千草の幸運だったと思う。

……そう、たとえ、食事風景を主君であるエルアに、熱っぽく見つめられたとしても。

「エルア様、冷めてしまいますから食事を優先してください」

「おいしそうに食べる千草を眺められる機会を逃したくないです」

「……よ、呼ばれれば同席はやぶさかではござらん。焼きたてを食べられよ」

千草が促すと、エルアは渋々ベーコンエッグを口に運び出す。

自分などよりもずっと彼女の食事姿は美しく、見応えがあると思うのだが。

「今日の予定ですが。午後に他商会との会議が二件。組合の会合が一件。それからコルトヴィア様からの会談の申し込みが入っています」

「あーくだんの新興マフィアについてかな。規模が小さいから放っておくって言ってたけど。資金源がいまだにわからないって言ってたし」

アルバートがよどみなく予定を語って行くのに、エルアが食べる手を止めずに思案する。

ぱっと彼女の雰囲気が変わった。思慮深く細められるけぶるような緑の瞳(ひとみ)の奥には、様々な思索が巡っているのがよくわかる。

アルバートもまた、それを理解しているのだろう、話を続けた。

「ええ、さらに新しく雇い入れた用心棒が腕が立つようで、他の組織を取り込んで急速に拡大していました。一般企業にも圧力をかけようとする動きもありますし、ホワード商会系列に手を出すのも時間の問題でしょう。オルディと並び立つのが目標のようですしね」

「ああ、なるほど。だからコルト、私の所に話を通したいのね。わかった、空いてるのは昼かな。お昼ご飯一緒に食べよ！　って送っといて。うわ、コルトともご飯なんて私幸せすぎでは」

「かしこまりました、食事先はコルトの経営する店を指定します」

「あ、まって」

頭を下げたアルバートが一旦退出しようとするのを、エルアが引き留めた。

アルバートを見上げたエルアは一瞬まぶしげに目を細める。

「うっ、顔が良いけど。あなたは朝ご飯終わったらコルトの所に行くまでは睡眠ね。夜通し情報収集して寝てないでしょ」

一瞬、アルバートは千草に視線をやる。千草がばらしていない、という意味も込めて首を横に振ると、小さくあきらめの息をつく。

「……では休ませて頂きます」

「事態の把握を早めにしてくれて助かったわ。おやすみ。……っくう、推しにおやすみ言えるなんて最高かよ」

仕方なさそうに了承したアルバートに対し、エルアは心底幸せそうだ。

このエルアとアルバートは主従という関係だ。ただ、己の知る主と臣下という関係よりもずっと距離が近い。それに、臣下がお家のためにすべてを捧げて主に奉仕するだけでなく、主もまた、臣下を気遣い、労る。十全に活かす場を整えてくれるのだ。

これは不敬とは思いつつも、たいそう得がたい。よりいっそう身を入れて仕えようと思うのもよくわかるのだ。彼女の在り方もまた、上に立つものの一つの姿なのだと感じさせた。

気づかれるつもりがなかったらしいアルバートが、若干ふてくされている様子なのを、エルアはにこにこと眺めていた。

が、ふっと千草の方を見る。

「あ、そうだ。千草、草鞋切れちゃったんだって？　大丈夫？」

「お気遣い痛み入る。もともと消耗品だ。普段ばきは下駄やブーツでござるしな」

草鞋は、こちらの履き物よりもずっと短い時間で履き潰す。もちろん、ヴラド公の屋敷のように、どんな状態でも万全の力を出せるよう鍛錬は積んでいる。今だって、ブーツで足を固めていた。

同時に、真剣勝負に挑む時は、草鞋は必須だとも感じていた。一回の戦闘で履き潰すのもざらなため、予測できたことだった。が、最近補充できていなかったことが悔やまれる。

千草がそう話すと、エルアはふんふんと頷くが、はっとする。

「そういえば、ここに来てからずいぶん経ってるけど私なんもしてない！　えっ足ごしらえって大事でしょ。今までの草鞋全部使い潰してたってこと⁉　ごめんっすぐに調達発注かける！　藁って何でも良いの？　空良に聞けばわかるかな？」

「大丈夫だ。拙者でも編める物でござるし、なにより当てがござるゆえ」

今にもアルバートへ指示を飛ばそうとするエルアを、千草は慌てて制止した。

ひう、とエルアは妙な声を出して再び口元を押さえる。

「うっお耳ぴこぴこ千草かわいい」

「うむ、それで止まってくださるのならかまわん……。それでなのだが、草鞋の調達のため、本日拙者にお役目がなければ、外出していても良いだろうか」

せっかくだからと願い出ると、興奮を抑える風だったエルアはぱちりと目を瞬いた。

「いいわよ。新興マフィアの対処については、コルトと意見をすりあわせてからだから。まあ、それも処理に傾くだろうけど。草鞋の当てがあるって、どういう感じなの」

「うむ、拙者がこの街にきて初めての知り合いでな、見事な藁細工の職人がいるのだ。そこで拙者の草鞋も作ってもらっていた」

「それってつまり、地下闘技場に入っている前から……？」

その通りだったため千草は頷いた。あそこから解放されてから初めて顔を出したときには、ずいぶんと驚かれ安堵されたものだ。その際に大量に貰った草鞋のおかげで、それ以降のお役目も十全にこなせたのである。

「身寄りのない子供達が集まる支援院でな。様々な手仕事をこなして生計を立てているらしい。その娘ごが藁細工の達人で、拙者が足ごしらえを壊して難儀しているところを助けてもらったのだ」

その娘、サーラは手先が器用で気立ての良い娘だった。草鞋の編み方が面白いからと快く編んでくれたのだ。自分が編めなくなっても、支援院の少年に受け継がせるから安心して取りに来てくれとも言ってくれたありがたい人である。

「最近は足が遠のいていたもので、ゆっくり会いに行きたい」

「えっ千草がお世話になってる人なら、全力で支援するよ⁉」

話を聞いていたエルアが、椅子から立ち上がらんばかりに身を乗り出す。千草は彼女の表情で、本気なのはよくわかったため慌てて断った。

「か、かように大げさにすると、相手も少々困られる。その、娘ごからも院長先生はしっかりした方だと聞いておるし、あまり困窮しているようにも感じられなかった」

千草も何度も行っているわけではないため、院長には遭遇していなかった。だが、彼女の明るい表情を見れば、悪い場所ではないのだとは察せられる。

エルアはそれで納得してくれたらしく、腰は戻したがなおも言い募られた。

「なら菓子折りでも持ってって。子供が沢山居るならお菓子はあって困るものじゃないもんね。お世話になった人なら、今日一日はゆっくりしていくと良いよ！　アルバート、頼んだ！」

「かしこまりました」

エルアに対して、アルバートは優美に頭を下げる。

己(おの)が主君として選んだ彼女の気遣いに対し、千草はどうにもこそばゆい思いを感じながら、かたじけないと答えたのだった。

ブーツを履いた足を確かめた千草は、空良にもたされた箱一杯の菓子を片手に街へ出た。
このリソデアグアは、エルアが細部にまで徹底的に開発の手を伸ばしていたが、急速に発展したがゆえのひずみもまた生まれている。莫大(ばくだい)な富と需要から生まれる仕事を求め、周辺地域から多くの人間が移住してきた。結果都市計画からあぶれた人々によって、新興地区が形成されているのだ。
その一般地区と新興地区の間にあるのが、千草の目的地マルトー支援院である。

様々な事情で親を亡くした少年少女達が、卒院しても生計が立てられるように色々な手仕事を覚えながら暮らしている。

そう教えてくれたのは、ここに暮らしている少女、サーラだった。

朗らかで明るい彼女は面倒見が良く、右も左もわからなかった千草に様々なことを教えてくれた。

『千草さん、わたしより騙されやすいですから、気をつけてくださいよ？』

その忠告だけは活かせなかったのは申し訳ない。それでも、自分が闘技場から抜け出した後に会いに行った時は、無事を我が事のように喜んでくれた優しい娘だ。

そういえば、仕えるべき主を見つけたと報告できていなかった。やはり、菓子折りを持たせてもらえて良かったかもしれない。

そう考えながら足取り軽く歩いていたのだが、千草のうさ耳が不穏な音を拾う。

恫喝と悲鳴の声、破壊と蹂躙の気配だ。

千草は腰の萩月を左手で押さえて走る。

案の定マルトー支援院の門扉は乱暴に開け放たれ、とうてい支援院に縁があるとは思えない人相の悪い男達がたむろしていた。側に停まっている馬車も、その男達のものだろう。

ふむ、と考えた千草は、門扉の側に居る見張りの男二人に近づいていく。

「やあ、こちらにご用でござろうか？」

のんびりと声をかけると、男達は鋭く千草を振り向く。

が、あまりに自然体な彼女に拍子抜けしたようだ。

背の高い方は、すぐに興味を失った様子で煙草を吹かし、背の低い男がぞんざいに手を振る。

「ねーちゃん帰りな。取り込み中だ」

「おや、それは困り申した。世話になった娘に会いに来たのだが」

うさ耳を悄然と垂れて、自分の手荷物である菓子折りを撫でてみせる。

千草の視線がそれたのを見計らい、背の高い男が死角から千草へ殴りかかった。

しかし振り抜いた拳が千草に当たることはなく、なにが起きたかわからぬまま、男は衝撃を覚え意識を暗転させる。

「なぁ⁉　兄貴っ」

拳を避け、しなやかな動作で膝蹴りを見舞った千草は、ナイフを取り出す男に一歩で迫った。

兎族の脚力は他種族を凌駕する。そのまま男の頭に回し蹴りをくれた。

一瞬で二人を伸した千草は、悠々と支援院の中へ入っていく。子供の悲鳴と共に少年の怒号が明瞭になった。

「てめえらやめろっ。俺達はもうあいつとは関係ねえんだよ！　姉ちゃんまで連れてっておいてあげくに俺達までなんて……はなせぇっ！」

押さえ付けられていたのは、青みを帯びた黒髪を短く切り、吊り目がちの目をした少年だ。

千草も顔見知りの少年、ディアンである。少し斜に構えた物言いをしがちだが、何くれと面倒を見てくれた。だけでなく、サーラと共に千草の草鞋を編んでくれていた少年である。

しかし今は明らかに荒事に慣れた男に押さえ付けられ、唇を噛み切らんばかりに怒りと理不尽さを露わにしてもがいている。その近くにはナイフが落ちていた。

他の子供達もまた、男達に縛られて涙を流して震えている。

自分が世話になった者達が、危害を加えられている。千草にはそれで十分だ。

男達も、ディアンも、突然現れた千草に対してぽかんとする。

千草は、手に持っていた菓子折りを虚空に放り投げた。

ディアンを捕まえていた男が、とっさに菓子折りを目で追う。再び視線を戻そうとした時には、千草は目前に居た。

あまり血を見せるべきではないか。

判断した千草は、帯から鞘ごと抜いていた萩月を、男の眉間へ突き出す。

白目を剥いて崩れ落ちる男をそのままに、千草は空中から落ちてきた菓子折りを受け止める。

それを、呆然とするディアンに渡した。

「ディアン坊、無事で何より。この菓子折りを持っていてくれ」

「え、あ。兎のねーちゃん⁉　ど、どうし……⁉」

ディアンの言葉を最後まで聴く前に、千草はたんっと跳躍した。

すぐさま男達の半分以上を地に沈めた千草は、這々の体で逃げ出すのを見送る。

運動にもなりはしない。これならば、朝の鬼ごっこの方が面白かった。

子供達の縄を切ってやった萩月を鞘に収めると、ディアンが話しかけてきた。

「ね、ねーちゃん。刀を持ってるとは思ってたけど。見かけ倒しじゃなかったんだな」

「うっ、確かに腹を空かして倒れていたのは拙者だが」

「いつも履き物に困ってるか、腹を減らしてる印象しかなかったから」

子供の正直な感想に、千草は胸を押さえて悄然とする。そう、この支援院に草鞋を受け取りに来るたび、食事のご相伴にも与っていたのだ。空腹にだけはどうしても勝てなかったのである。

「うむ、腕に覚えはあるぞ。剣の腕くらいしか取り柄がないとも言うが」

こほん、と咳払いをした千草は、お互いを慰めあう子供達を見回した。

「さて、ディアン坊。事情を聴かせて頂けるでござろうか。拙者が力になれるかもしれぬ」

「……わかった。助けてくれたお礼に、昼飯くらいは食べていってくれよ」

ディアンは表情を強ばらせながらも、深く頷く。

その目に、千草は己がよく見慣れた色を見つけた気がした。


荒らされた部屋を片付け、ディアンが作ってくれたのは、この地方では一般的な煮込み料理だ。

温かい食事に子供達の緊張が緩むのを見届けた後、千草はディアンの部屋に移り、彼の話に耳を傾ける。

「あいつら、このあたりに新しい歓楽街を作るために地上げしてるマフィアなんだ。ずっと嫌がらせをしてきてたんだけど、サーラ姉ちゃんを攫って行った」

「サーラ殿がおられないのは、あやつらの元に囚われて居るからだな」

「ああ、姉ちゃん美人だから、目玉商品になるとか言って……！　今も無事かわからねえ」

確かに、サーラは金髪に淡い色の瞳（ひとみ）をした儚（はかな）い美しさを持つ少女だった。

誰（だれ）でも守りたくなる雰囲気とは裏腹に、その中身は朗らかで世話焼き気質だったが、目を付けられがちではあるだろう。

「院長殿はどうされた。拙者はいまだ面識はないが……」

そう、問いかけたとたん、口数は少ないがきちんと子供達のことを考えている男らしいが。

サーラの話だと、ディアンの全身から怒りが噴出する。

つたないながらも殺気に近いその色に、千草（ちくさ）はゆっくりと瞬いた。

「あいつは、俺達を裏切ったんだ。姉ちゃんを助けに行くのかと思えば、いつの間にかマフィアの仲間になってた」

「なんと、それはまことか」

思わぬ言葉に千草が金の瞳を丸くしていると、ディアンの恨みのこもった眼差（まなざ）しが炯々（けいけい）と光る。

「ああ、姉ちゃんを探しに行くって言ったきり帰って来ないから、俺が探しに出たんだ。そしたら、あの野郎、あいつらと一緒に居てあいつらを守ってるのをこの目で見たんだ」

そこで、ディアンはぐ、と膝（ひざ）に乗せた手を強く握りこんだ。

「あいつ『自分のことは忘れろ』って言った。それに、マフィアが言ったんだ。あいつは組織に入るために姉ちゃんを組織に売ったって！　俺達なんて見捨てて、今では新しい用心棒だ、先生だともてはやされてやがる！　俺達なんて忘れてるんだ！」

ディアンは血反吐を吐くような声音で叫んだ。抑えきれない激情に肩を震わせている。

その顔は裏切りと、絶望に晒されて追い詰められ、それでもなお上回る怒りに赤く染まっていた。

千草のよく知る……千草もかつて味わい、今も胸にくすぶる感情は憎しみだ。

信じていた親しい者が豹変するのは、いつだって衝撃だ。当たり前のものを、圧倒的な暴力で蹂躙され、己ではなすすべがない理不尽さは骨髄にまで浸透し、人格すら脅かす。

この少年もまた小さな体には余るような憎悪に翻弄され、うまく消化できずにいる。

そうなったとき、次になにを考えるかは、二つに分かれる。彼はどちらだろうか。

千草が見守っていると、にじむ涙を袖で拭いたディアンは、強い眼差しで千草を見上げた。

「なあ、千草のねーちゃん。あれだけの数のごろつきを一人で追い返しちゃったんだ。強いんだろ⁉」

「まあ、腕に覚えはあるな」

「ならっ俺に剣の使い方を教えてくれ！　俺はあいつだけは許せねえ！」

少年の瞳に宿るのは燃えるような怒りと殺意、復讐心と呼べるもの。

「つまり、仇討ちを望む、と」

「……姉ちゃんを売った恨みを晴らしたい」

ディアンは一旦立ち上がると、部屋の隅に置いてあった箱から、多くの草鞋を取り出してくる。

「今日まで編み溜めたあんたの履き物だ。質はだいぶ良くなったと思う。これで足りなければ、何年経ったって金で払う。何でも言うことを聴く。だから俺にあいつに復讐できる力をくれ」

淀みきりながらも、ひたすらに純粋な強い意志だ。すべてをなげうってでも成し遂げなければ治まらぬと、全身が語っていた。

ひり、と千草の体の奥底からそれがわき上がる。

「貴殿の想いはわかった。その院長先生とやらは、マフィアの用心棒としてもてはやされるほどの御仁らしい。素人が生半可な鍛錬を積んだところで、かようなナイフ一振りでは勝てぬぞ」

ちらりと机に置いてある、彼の武器を流し見れば、ディアンの顔が屈辱と羞恥に染まる。

「それでも！　俺は！　なにか報いてやんなきゃ気が済まねえんだ！　もしかしたらまだ姉ちゃんもあのマフィアんところに居るかもしれねえし、手がかりだって掴みたい！」

「なれば一刻を争おう。サーラ殿の行方がわからなくなったのは、昨日今日に始まったことではなかろう？」

「い、一か月まえ、だ」

なるほど、それは、ディアンも無事を望めないと悟っているのだろう。

それで、復讐となったか。理解した千草は、表情を引き締めると、草鞋の束を手に取った。確かに、触ってみるだけで充分に堅牢な仕上がりだとわかる。これならきっと長持ちするだろう。

ディアンはとても世話になった少年であり、助けたいと願う娘は、千草にとっては恩人である。

千草の返答は決まっていた。

「ならば今一時だけ、拙者が貴殿の刃になろう」

「……は？」

ディアンがぽかんとする中、千草はブーツを脱ぐと草鞋の一つを手に取り、足へ結わえ付ける。

とんとんと地に足を着けて具合を確かめれば、良く馴染んだ。これなら十全に跳べるだろう。

「ことは一刻を争おう。古来、仇討ちには助太刀という制度がござる。なれば貴殿が拙者を使えば良い。貴殿に修羅の道へ踏み込む覚悟があるのならば、拙者がこの刃にかけて仇の前へ導こう」

「なん、で」

混乱のままディアンに問いかけられた千草は、快活に笑ってみせた。

「なあに、一飯と足ごしらえの恩返しにござる。で、返答は如何に」

千草が手を差し出せば、ディアンはごくりと唾を飲む。

だが、その瞳から苛烈な色が消えることはない。

「たのむ、千草のねーちゃん。俺をあいつの元に連れてってくれ」

ディアンは千草の手を取った。その手を一瞬握った千草は、ナイフを手に取り懐に入れる。

「ディアン殿は、マフィアの本拠地はわかるか」

「わかるけど、ねーちゃん？　どこへ行くんだ」

「思い立ったが吉日。という言葉もあるゆえ今から向かおう」

「えっ」

何せ萩月もあれば、足ごしらえもある。行かぬ理由がない。

ぽかんとするディアンを、千草はひょいと担ぎ上げた。エルアよりはずっと軽い。これならば十分な速度で走れるだろう。

狼狽(うろた)えるディアンと共に、千草は支援院を出たのだった。

途中でちゃんと歩くからと言われて下ろし、ディアンが案内してくれたのは、旧市街から拡大した、拡張区画の一角だった。

歓楽街はもう少し中心にあるはずだが、ここもそこと遜色(そんしょく)のない猥雑(わいざつ)な空気で満たされている。

今はようやく夕暮れという頃だが、すでにそこかしこから艶(なま)めかしい気配が漂っていた。

女達が客引きをして、出歩く男達の気を引いている。路地近くではその女達の元締めらしい強面(こわもて)の男が、濁った目で睨(にら)みを利かせていた。

しかし、千草が派遣されていたコルトヴィアの歓楽街とは違い、闇(やみ)の気配と腐臭がより濃い。最低限の秩序すら感じられないと、路地の闇から聞こえる音で感じ取っていた。

子供が来るような場所ではないが、やがてきらびやかな建物にたどり着く。

「ほ、本当に来ちまった……」

本拠地だというそこが見える路地で呆然とするディアンへ、千草は預かっていたナイフを渡す。

「いいかディアン殿。拙者の左後ろを付いて来るのだ。でなければ誤って斬ってしまうかもしれん」

「う、うん」

「ここより先は修羅の道。血も見よう、命を奪う覚悟は良いな」

ディアンは、一つ二つと数えるあいだ沈黙したが、その目がはらむ怒気と恨みは消えない。

こくりと、大きく頷いたのを確認した千草は、堂々と入り口へと向かっていった。

背後でディアンが動揺の声を上げているが、もとより千草に奇策を弄せる頭はない。

ただ、支援院を襲った男達が逃げ帰っていることで、千草の存在が知れた。敵地に飛び込むなら今しかないと直感したのだ。一瞬、エルアに相談すべきかという思考がよぎったが、私怨に手を貸すのである。私事で動くにもかかわらず、煩わせるのは気が引けた。

そう、だから、今は眼前の障害を蹴散らすことに集中するのだ。

千草は感覚で知っている。強いやつは、暴れていれば出てくると。

「なんだおま……ぎゃあ⁉」

とんっと、地を蹴った一歩で距離を詰めた千草は、入り口の男へ向けてそのまま抜刀した。

驚く男達がそれぞれの武器を抜く。だが千草が彼らの間をすり抜けるのが先だった。

きん、と手応えがあった。

ナイフの刃部分は根元から斬られ、さらに男達の穿いていたズボンがすとんと落ちたのだ。

パンツが丸出しになったことに一拍遅れて気づいた男達は、動揺して叫ぶ。

「うわあああ⁉」

「お、おい待ててめえ！　うおっ⁉」

慌ててズボンを引き上げながら、千草を止めようとするがうまくいかず途中で転がる。

その脇を通って付いてきたディアンだったが、予想外だったのか混乱した顔をしていた。

「な、なんでベルト斬るんだ⁉」

「うむ、必要以上に殺さぬ、というのが主との約束でな。ない頭で考えた結果にござる」

人は尊厳を削がれると判断が遅れて混乱し、動揺するものだ。そうすれば無力化できるし、意識を刈ることもたやすい。彼女に言い聞かせられた信念は、守るつもりだった。

「そういうわけで、ディアン殿。きちんと付いて参られよ。危ないと思った場合は隠れるのだぞ」

「う、うん！」

男達の騒ぐ声に集まってきたマフィアの構成員達に対し、千草は突っ込んで行ったのだった。


時折ディアンの位置を確認しつつ、奥へ奥へと突き進む。

途中ですれ違う構成員は軒並みベルトを斬る作戦で行動不能にした。多少腕が立つ者を見つければ、武器を持つ手や腕を折って先手を打つ。

開けた所にたどり着いたと思えば、それは酒瓶やカードが散らばるホールだった。天井は高く、壁の脇二階に当たる部分には回廊が張り巡らされている。天井には重そうなシャンデリアがぶら下がっていた。

壁の際に潜んでいた男達が一斉に殴りかかってくる。しかし音を拾っていた千草は軽々と男達をいなし、ベルトを斬って丸腰にする。

男達はズボンに足を取られて床に崩れ落ちたが、そのまま千草に飛びかかってくる。

「およ」

「今だ、かかれ！」

さらに脇に潜んでいた男達が一斉に殴りかかってくる。しかし千草は立ち尽くすディアンの首根っこをひっつかむと、体勢を低くして真横に跳んだ。

男達は千草とディアンの消えた空間に折り重なる。

辛うじて居なくなったことに気づいた男が方向転換してくるのに、千草は萩月をひらめかせる。

武器である剣を手からはじき飛ばすなり、無防備になった男を鋭く睨み、ばつん、と刃を薙いだ。

「ひぅ」

断末魔の悲鳴を上げてその場に崩れ落ちる男に、周囲の構成員達がどよめく。

「あの女、剣も当ててねえのに殺しやがった！」

「得体の知れない魔法を使うぞ、気をつけろっ」

ただ剣圧を中てて気絶させただけなのに大げさだ。千草は思ったが、エルアが「それ魔力混じってる衝撃波だから！　思い切り攻撃だから！」と言ってたのを思い出す。

どちらにせよ、距離を取ってもらえるのは都合が良い。

そのため、千草は悠然と見えるように萩月を構えて呼びかけた。

「やあやあ拙者、仇討ちに参りし者。このマフィアの長と……おっと、ディアン坊、相手の名は」

「アッシュ・マルトーだよ！」

「承った。アッシュ・マルトーに対し、立ち合いを申し込む！　でなければ拙者、貴殿らの面子も尊厳も刈り取ろうっ」

気迫を込めて言い放つと、男達は怯(ひる)んでいた。

逃げる可能性は低いと取っていた。なにせ、今勢い付こうとしているマフィアだ。裏街道でのし上がっていこうとする組織が、たかだか一人にやられたとあれば生きてはいけない。

マフィアの長もまた、ここで逃げれば、構成員に示しが付かない。だから、なんとしても千草(ちくさ)を仕留めようとしてくるはずだ。

かくして、屋敷の奥の廊下から大勢の部下に囲まれてその人物が歩いてくる。派手なスーツと、豪奢(ごうしゃ)な毛皮をまとった四十代ほどの男だった。

「ジェロージさんっ」

「てめえらなに腑抜(ふぬ)けた姿晒してやがる。ズボンくらいなんだ、男だったらしっかりしやがれ！」

男に叱咤(しった)されて、構成員達はズボンを押さえながらなんとか立ち上がる。

彼らの戦意は折れており及び腰だったが、それでも彼らが立ち上がるのは、おそらくジェロージに対する恐怖だろう。ジェロージと呼ばれたその男は、男ぶりのする顔立ちをしているが、千草はそこに淀みきった腐臭を感じ取った。

気絶する男達に囲まれながら佇(たたず)む千草に、ジェロージは葉巻を吹かしながら、千草に向けて話しかけてくる。

「よう、兎女(うさぎおんな)。ガキ一人をお供にこのジェロージファミリーに乗り込んでくるたぁ、良い度胸じゃねえか。俺になんの用だって？」

「うむ、身代を畳んで頂けないかと思ってな。ディアン殿と共に、その首をもらいに来た」

千草が天気の話でもするように告げれば、ジェロージは眼差しを鋭く細めた。

「……ほう。この、俺の、首を取ると？」

「うむ、これだけ派手にやれば、貴殿等は徹底的に報復に出られよう？　それで拙者の恩人に手を出されても困るのでござる。なればここで根元を断つのが最短で、話が早い」

そう、千草は本来エルアの刃である。ディアン達は恩人だが、最終的にはエルアを優先する。だからこそ、この短期間で「その後」も彼らが無事でいられるよう、手を尽くすのは当然だった。

千草の言葉に一切偽りがないことは、床に転がってうめき声を上げている構成員達の数でわかっているだろう。

だが、しかし、ジェロージは豪快に笑ってみせた。

「恨みを残さないために殺すってか！　どっかの騎士かぶれの姉ちゃんかと思えば、剛毅なもんだ。俺達によほど近い。……が、そんなガキに使われてるなんて宝の持ち腐れってもんだぜ？」

「ねーちゃんをお前なんかと一緒にするんじゃねえ！　それよりサーラ姉ちゃんを返せよぉ！」

千草はまったく気にしてなかったが、怒りを帯びたディアンが言い返す。

しかし、ジェロージは一笑に付すだけだ。

「女の後ろに隠れてるションベンくせえガキが、粋がんじゃねえよ」

「おや、そのションベンくさい餓鬼が連れてきた拙者に遊ばれているのが、貴殿等でござろうに」

千草がのんびりと言い渡せば、ジェロージのこめかみに青筋が浮かぶ。

この程度の挑発で地を出すとは、あまり上に立つ器ではないな、と内心独りごちた。

しかしすぐに千草は萩月を振るう。振り払って霧散させたそれは、千草と同じ剣圧による衝撃波だ。

「わぁ⁉」

ディアンの悲鳴が響いたが、千草は直後襲いかかってきたその暴威を防ぐことを優先した。

今までにないほどの鋭く重い攻撃の正体は、先端に斧が付いた長柄の武器……ポールアックスだ。

千草は受け流そうとした。が、斧の湾曲に刃を押さえ込まれそうになり、刀を引いて飛び退く。

耳障りな金属音を立てて距離を取ったことで、千草はその強襲者の全貌を見た。

大柄な男だった。ざっくりと短く切られた髪に彩られる、巌のような顔立ちには横一文字に傷が残り、厳格な印象を与える。このあたりの神に仕える者がまとう神官服に包まれた体格は、隆々としていた。なにより武器を扱う慣れた手つきは、修羅場をくぐり抜けたことを感じさせる。

できる、そう判断した千草の傍らで、ディアンがわなわなと怒りに身を震わせている。

「アッシュ院長……っ！　よくも俺達を見捨てたなっ！　絶対許さない！」

これが、彼の仇か。千草は理解しながら柄を握り直す。

憎悪を剥き出しにするディアンに対し、アッシュは微かに眉を動かしたが、なにも言わなかった。

しかしジェロージは、代わりのように爆笑した。

「ああそうか！　お前支援院の餓鬼か！　それでマルトーに復讐ねえ！　こりゃあ傑作だ！」

「なにがおかしいっ！」

ゲラゲラと笑い転げたジェロージに、ディアンは真っ赤になって言い返す。

しかしジェロージは吸っていた葉巻を床に落とすと、アッシュの背に言葉を投げた。

「マルトー、わかっているな？　やれ」

「約束は」

「うるせえ、その兎女を仕留めろって言ってんだよ！」

ジェロージの乱暴な命令に、アッシュは手にもつポールアックスを構え。鋭く踏み込み、長柄を振りかぶってきた。

今までとは比べものにならない重く鋭い一撃を、千草は刃で流そうとする。

だが、その一回だけで千草の手に鈍いしびれを感じた。

かろうじていなすが、斧に乗った衝撃が周囲にびりびりと伝わる。

千草は懐に潜り込もうと刃をひらめかせるが、アッシュは正確に柄で受け止め押し込もうとする。

再び受け流そうとすれば、斧と柄で刃を絡め取られかけた。

跳び離れて体勢を立て直そうとすると、アッシュはポールアックスを下段に構えていた。

「……神に祈れ」

振り抜かれた瞬間、鉄槌を振り下ろされたような衝撃が千草を襲った。

後方に跳んで衝撃を殺してもなお全身を潰すようなそれは、周囲の構成員まで吹き飛ばした。

壁際まで吹き飛ばされた千草へ、アッシュは追い打ちをかけようと肉薄する。

だが、千草はふわりと壁に着地すると、壁に罅を走らせながら蹴飛ばし、アッシュへ跳ねた。

甲高い金属音と共に、斧と刀がぶつかり合う。

広い空間で、刃と斧の応酬は縦横無尽に繰り広げられる。地に伏していた構成員達が慌てて避難していった。

手強い男だ。千草が攻撃をいなしつつ機を窺っていると、アッシュが低く話しかけてきた。

「ディアンをどうして連れてきた」

「なに、貴殿に仇討ちを、と頼まれたのでな。一飯と足ごしらえの恩義に助太刀をした次第」

「……よく言う、顔が笑っているぞ」

その指摘に、千草は柄を受け流すなり、足に気を込め跳躍する勢いで刃を振り抜く。

アッシュは後退しようとするが、兎速の刃は彼の左腕を捉えた。

ざん、とアッシュの左腕から血が噴き出す。

しかし、彼が柄を握る様子に変化はない。浅かったかと冷静に考え、千草が再び踏み込もうとすると、ディアンの驚きの声が響く。

「サーラ姉ちゃん⁉」

千草がアッシュと切り結びつつそちらを見る。

ディアンを抱き込む亜麻色の髪の美しい娘がいた。優しげで儚げな容貌は、千草も知るサーラである。ディアンは彼女がまだ生きていたことに歓喜するが、彼女はディアンに不自然なまでに興味を示さない。代わりに、無遠慮に彼の腕を掴み振り返った。

「ミュゲル様、これでいいですかぁ！」

サーラが言葉を投げた先にいたのは、撫でつけた髪に酷く整った容貌をした秀麗な男性だった。

洒落たジャケットとスラックス姿の彼は、彼女に甘く優しい表情を向けている。しかし、その目に宿る酷薄さは、この場にいる誰よりも淀みきっていた。

「よくやったよ、サーラ。さすが僕の餌だ」

「はいっ。ミュゲル様のためなら、わたし何でもしますっ」

侮蔑を含んだミュゲルの言葉に、嬉しそうに答えるサーラの目は焦点が合っていない。

ディアンもそれに気づいたのか、動揺しつつも彼女に訴えかける。

「なあ、サーラ姉ちゃん。どうしたんだよ。助けに来たんだ！　こいつらの言うことなんてもう」

「だめよ、ディアン。私のすべてはミュゲル様のものなの。だからおとなしくしててね」

サーラは、娘とは思えぬほどの力でディアンの腕を拘束する。それは、明らかに人質だった。

信じられない様子で絶句するディアンに、ミュゲルは美しい容貌に嘲弄の表情を浮かべた。

にい、と上げた口角から、鋭い牙が覗く。千草はその気配を知っていた。

「吸血鬼か」

千草がそう呟いたとたん、刃ごとひときわ強く吹き飛ばされる。千草から距離を取ったアッシュは僅かに、だが初めて怒気を露わにして、主であるジェロージを見る。

「やり方は私に任せる約束だろう！」

「俺は確実を求める男なんだよ、マルトー。それに、その餓鬼は俺の敵だ。俺が約束したのは、女の命だけだからな」

「さっさと食べ尽くしてしまいたいのに、この僕が味見だけで済ませてやっているのだから働いてもらわないと」

吸血鬼ミュゲルが、髪をいじりながら語る姿はアッシュを馬鹿にしていた。

ジェロージが葉巻を吹かしながら、嬲るように言った。

「そもそもお前がちんたらしてなきゃ、俺もこんなことせずに済んだんだがなあ。女子供すら喜々として殺しまわった傭兵が、このていたらくとは。血斧の名が泣くぞ」

「っ……！」

アッシュは激情を抑えるように斧の柄を握りしめる。

ディアンは彼らのやりとりを聞き、理解が及ぶにつれて徐々に青ざめていく。

「アッシュ院長が、人殺しで、でも、全部、姉ちゃんを助けるためで。俺達を見捨てたわけじゃなかったの、か」

「ようやく気づいたかよ、お目出度いガキだぜ！　自分で勘違いして台無しにしたんだからよお！」

ジェロージが爆笑するのに呼応して、周囲の構成員も笑う。

顔色をなくすディアンは、悔しさと己に対する自責に苛まれ、見る間に涙が溢れかける。

ひとしきり笑っていたジェロージは千草を見た。

「さあ、兎女。どうするよ。お前の雇い主はこっちの手の内だ」

「うむ、そうだな」

「っ……！」

ディアンが息を呑む音が千草のうさ耳に響く。見捨てる、という選択肢が脳裏をよぎったのかもしれない。確かに、味方と敵の人数を鑑みれば、絶体絶命だろう。

「そこで、だ。どっかのエルフのクソアマと違って、俺には人間の血が流れてるもんでな。このガキを殴られたくなかったら……」

千草はジェロージの言葉をすべて聞き終わる前に、体勢を床すれすれまで深く落としていた。

刹那、床を踏み砕く勢いで蹴り飛ばし、跳ねた千草が刃をひらめかせたのは、サーラに対してだ。

「ご免」

小さく謝罪を呟いて当て身を入れれば、彼女はたちまち崩れ落ちる。その緩んだ腕からディアンを取り戻して離脱した。

ざあと煙を立てて、ホールの中央に舞い戻った千草は、脇に抱えたディアンに問いかける。

「ディアン殿、どうされる」

「どう、って……」

震えるディアンが呆然と千草を見上げて、ひ、と息を呑む。

千草は周囲の人間を牽制しながら、金の瞳で見下ろした。

「誰を討てばよいか。アッシュ殿か、それともマフィアの長か」

「えっ、でもっ。わっ」

千草が跳んだ瞬間、アッシュの斧が床に叩き付けられる。

轟音と共に床が割れる中、千草はテーブルの一つを足場に跳躍し、二階の回廊に上がる。殺到してくる男達を躱して、そのまま頭上の大きなシャンデリアに跳んだ。ぐわり、とシャンデリアが揺れる中、己にしがみつくディアンに問いかける。

「決めるのは貴殿だ。これは貴殿の仇討ちなのだから。拙者はこの場にいる全員を倒すこともできる」

「おい、マルトー！　てめえらもだ！　あいつを早く殺せ！」

ジェロージがわめき散らす中、ディアンは目を見開き、足元で騒ぐ構成員、倒れ伏すサーラ、そしてマルトーを見る。

マルトーは表情を厳のように固めながらも、その瞳に苛烈な感情を宿していた。

ディアンの顔がゆがむ。彼の表情に千草は憎しみと共に悲痛さを見た。

「や、やっぱ、院長を許せねえ。で、でも姉ちゃんと……院長先生と一緒に帰りたいよぉ……っ」

恐怖と混乱に顔をぐしゃぐしゃにしながらも、ディアンは本心を口にした。

千草はまぶしく感じて目を細める。同じ思いを共有できない残念さが少し。あとは置いていかれてしまったような気分を覚えたが、己とは違うのだなと安堵が大半だった。

「ならば帰らねばならんなあ」

ぐす、ずびっと泣くディアンを撫でてやりたかったが、あいにく手がふさがっている。

だから千草は、これからについて思案した。仇討ち、ではなく「帰る」と望まれたのなら、そう行動しなければならない。

ただ、あのアッシュはかなり強い。千草も全力で立ち合わねば持ってかれるだろう。

説得できれば一番だが、しかし、千草は弁が立つわけでもないし、アレはすでに覚悟を決めている目だ。ああいった手合いは、本当に問題ないとわからない限り、それこそ殺さない限り役目を全うする。千草はよく知っていた。

今も、ぐ、と構えた斧を迷わず振り抜いていた。

あの斬撃が飛んできて、重いシャンデリアを落下させる。

その前に離脱していたものの、凄まじい音をさせて落ちたシャンデリアの破片からディアンをかばい、壁際に走る。しかし、そのせいで、たちまち構成員達に取り囲まれた。

「これはちとまずいか」

「よくもコケにしてくれやがったな、兎女！　もう何でも良い！　殺せ！！！」

顔を真っ赤にしたジェロージが、命令を下す。

千草が、ディアンを背にかばい、刃を構え直した。


かつんと、ヒールで歩く音が響く。


恐らく、千草だけが聞こえたのだろう。

しかし、その足音を千草は聞き慣れたもので、この場も忘れてそちらを向いた。

「ぎゃあっ！」

男の野太い悲鳴と同時に、構成員が吹っ飛んできた。

その場にいた全員の注意が、入り口へ向かう。

ヒールを鳴らして現れたのは、よくよく手入れをされた栗色の髪を流した娘だった。けぶるような緑の瞳がよく似合う、貴族然とした気品のある美貌の娘だ。仕立ての良いドレススーツに身を包み、魔晶石があしらわれたステッキを突く姿は、上流階級の令嬢を絵に描いたようである。

その証しのように、彼女の傍らには黒髪に紫の瞳をした美貌の青年が影のように従っていた。

だが、よくよく観察眼に優れている者であれば、足音は娘の一人分しか響かないことに気づいただろう。

娘は、しかしこの殺気立った暴力的な光景すら意に介さず、ゆるりと見渡すと、軽くスカートをつまんで会釈をしてみせた。

「ごきげんよう、皆様。わたくしはエルア・ホワード。わたくしの用心棒が世話になっているわ」

凛とした声音は、この荒れた空間には不釣り合いなほど優美だった。

それは、千草が牙を捧げた主、エルアだった。


突如現れた娘の存在に戸惑いと困惑が広がる。

あまりに意味がわからないことが起きると、人は思考が止まるのだ。

構成員達が立ちすくんだ隙に、千草はディアンの首根っこをひっつかむと刃を一閃し、空いた空間を走り抜け包囲を突破する。

「え、その、主殿なぜ……」

なんとなくいたずらを見つけられてしまったような気分で、彼女らの元にたどり着く。

エルアは、呆れたように嘆息した。

「新興マフィアの本拠地に兎の獣人が乗り込んでる、なんて話に駆けつけてみれば。やっぱりあなただったのね、千草」

低く呼ぶ声音が、咎める色を帯びているのに狼狽えた。

「あ、いやそのでござるな、恩人が捕まっていると聞き、ディアン殿らに恩義を返そうと仇討ちの助太刀に……」

「ええ、知ってるわ。あなたがそういう人だってこと。今日のあなたはオフだし、そこを非難する気はないの」

エルアの言葉は本心のように思えて、ほっと息をつく。自失から立ち直ったディアンが、おろおろとエルアとアルバートを見比べている。

「お、お姉さん達、誰……」

住む世界が違う者だと、感じているのだろう。おずおずとした問いかけに、エルアはよそ行きの言葉遣いで答えた。

「わたくしはこの千草の主よ。うちの千草がお世話になって、それから迷惑をかけたわ」

「めーわくなんて、千草のねーちゃんは俺のために戦ってくれたんだよ！　怒らないでっ」

言い募るディアンに対して、エルアはやんわりとした微笑みを浮かべる。

「怒るつもりもないのだけど、千草がらしくないことをしていたから、それは咎めなきゃなと思うの」

「えっ」

「おいてめえら！　なにごちゃごちゃ言ってやがる！　そもそもホワード商会のお嬢さまが乗り込んで来るなんざ一体どういうつもりだ？」

散々無視されたジェロージがいらだたしげに怒鳴りつける。構成員達もようやく息を吹き返して、距離を詰めてこようとする。

ジェロージはさらに、空間の隅にいたミュゲルに対しても命じた。

「おいミュゲル！　てめえの好きな活きの良い女だぞ！　とっとと暗示でも催眠でもかけて言うこと聞かせろよ！」

「あ、それ、は……」

ミュゲルはその秀麗な顔に薄く汗を掻いていた。こつり、とわざと革靴の音を立てて歩いてくるアルバートに対して、大げさに肩を震わせる。

ジェロージがおかしさを感じる前に、アルバートが口を開いた。

「おや、大方の吸血鬼は駆逐したと思っておりましたが、まだ居ましたか。なるほど。娼婦に落とされた娘達の離反率が低いのは、お前の暗示ですね？　それとも血で従えましたか」

「くそ、真祖の血を取り込んだからって、粋がるなよ若造が！　サーラ！　起きろっ」

ミュゲルのその声と共に、地に倒れ伏していたサーラは幽鬼のように立ち上がった。明らかに人としての意識が奪われている彼女に、エルアは目を細める。

「アルバート」

「かしこまりました。失礼します」

エルアの端的な命令に、アルバートが優美に頭を下げると、襲いかかってきたサーラの手を軽々と取り、押さえ付ける。

そして、凄まじい力で暴れ回ろうとする彼女の目を覗き込んだ。

「サーラ、というのですね。安心してください、ええ、怖くありませんから。……〝俺を見ろ〟」

その厳然たる命令と同時に、意思など消え去っていたはずのサーラが、震える。

「あなたは、意に反する命令でとても疲れています。もう休みなさい」

アルバートの和らいだ声音が続けられたとたん、サーラは糸が切れたように崩れ落ちる。

それを受け止めたアルバートは、エルアを見た。

「長期間晒されていた分だけ暗示が深く効いています。ですが根元を断ち、時間をかければほどけるでしょう」

「ありがとう、アルバート。じゃあそちらの処理はお願いね……ああ、逃げちゃダメよ」

なりふり構わず退こうとしていたミュゲルは、逃げ腰のまま硬直する。

その影が、エルアの振り下ろしたヒールにつながっていた。唯一自由になるらしい顔が、無様にゆがんでいる。

「なんでさ……僕はおとなしかっただろう⁉」

「あなたが、わたくしの大事な方々に連なる者に手を出したからよ。もちろんそちらの方々も」

くるり、とエルアが見渡すと、構成員達とジェロージは息を呑む。

華奢な体躯だ。一見暴力などとは無縁のきれいな娘にもかかわらず、眼差しに宿る覇気は、その場にいるマフィア全員を圧倒していた。

しかし、ジェロージは虚勢を張って言い返す。

「へ、へえ。お嬢さんがなにをするって？　俺達はむしろてめえん所の兎女に迷惑を被ってる側なんだがな？　俺達の家族がこんなに傷つけられて、このままはいそうですかなんて言えるとでも思ってんのか、ああ⁉」

長の威勢に、そうだそうだと構成員達が勢いづく。

エルアは愁いを含んだ表情で、頬に手を当てる。

「ええ、そうね。でもあなた……わたくし達に勝てると思っているの？」

「………は？」

淡く微笑み、首をかしげるエルアに、ジェロージが間抜けな声を出したとたん。どっと構成員達が吹き飛び、壁に叩きつけられた。

それを成したのは、ポールアックスを振り抜いたアッシュだ。その灰の瞳に怒りを湛えた彼は、低く唸るような声音でエルアに訊ねる。

「サーラは無事、なんだな」

「ええ、アッシュ・マルトー。彼女の暗示はわたくしと、わたくしの従者が責任を持って解きます。彼女はいつもの生活に戻れるわ」

エルアの返事に、アッシュはマフィア達に対して斧を構えた。

「ならば、もう従う必要はない」

「くそっ裏切りやがって！」

吐き捨てるジェロージへ、エルアはにっこりと微笑んでみせる。

「ええでも、さすがにね。わたくしはまったく関係ないのに、あなた達をいじめるのはどうかと思うの。だから、わたくしと従者は手を出さないわ。千草に責任を取らせます」

「えっ」

思わぬ提案に、千草が萩月を構えつつも驚く。だが、エルアは珍しく、本当に珍しく、怒りのこもった眼差しを向けてきた。

「自分の怒りを晴らすために、ディアンを利用しようとしたでしょ」

どきり、と千草の胸に動揺が走った。

「あなたの仇はあなたのもの。ディアンの仇はディアンだけのものだわ。自分の憎しみと重ねて『仇討ち』を進めさせようなんてダメよ、千草。侍としてのあなたの刃が穢れます」

「憎しみ、とな」

思いも寄らなかったその単語が、千草の腑に落ちてゆく。

この人は一体どこまでわかっているのだろう。過去も先も見渡す能力があるとはいえ、千草ですら曖昧模糊としていた思いを見抜いて形にしてしまったのだ。

きっぱりと言ったエルアは、全部飲み込んだ上で、上に立つものとして千草に命じるのだ。

「だからこれは罰です。この場に居る全員、最小限で無力化しなさい。殺してはいけないわ。あなたの心が恨みに囚われていたとしても、牙が曇らぬことを証明して」

ああ、だから千草は、彼女を主として選んだのだ。

「拝命した」

千草はぞくぞくとするような昂揚を覚えながら膝を突き、栗色の髪と、緑眼の彼女に刃を捧げる。

「おいてめえらこっちの方が数が多いんだ、ありったけの魔晶石を出せ！　たたみかけるぞっ」

ジェロージの号令で、構成員達はそれぞれに武器を取り四方八方から襲いかかってくる。

その群れに対し、千草は深く、腰を落とす。

兎速は、見敵必殺の技だ。跳ねた瞬間勝負を決める。

気づいたとしても、誰もが追いつけぬ速度で迫るのだ。

「兎速、月兎」

どんっと床を踏み砕く勢いで蹴り飛ばし、千草は跳ねる。

何万と繰り返し体に覚え込ませたそれは、一気に最速へ至り、構成員達の間を駆け抜ける。

速さは、威力だ。その勢いで振るわれた刃は、すれ違った構成員を捉え撫で切りにした。

武器を落とし、握れぬように手の骨を折り、意識を刈り取る。

彼が感じるのは、全身を突き抜ける疾風のみだ。

千草がはるか彼方で残身を取る頃には、彼らは皆地に倒れ伏している。

そこに、ジェロージへとつながる一本の道ができる。

部下に囲まれ、手が届かないはずのジェロージが一瞬無防備に姿を晒した。

逃げようとするジェロージだったが、アッシュが大ぶりに斧を構えるのが先だった。

「――神に祈れ」

低く、すべての怒りを押し殺すような唸り声と共に放たれた堅剛な斧は、ジェロージの胴を薙いだ。

回避する間もなく、その斧の一撃を浴びたジェロージは、遥か後方の壁へ激突し地に倒れ伏す。

後に残ったのは、構成員だけだ。恐怖に彩られる彼らに対し、千草は少々良心が痛む。

けれど、この者らもまた、あのような娘を嬲ってきたのだろう。

ぐつりと、腹の底からこみ上げる衝動を自覚した千草は、努めて押さえ付ける。

そう、これは千草に対しての修行でもあるのだ。

「あいすまぬ。貴殿等に恨みはないが、主からのご命令であるゆえ」

この刃が曇らないと証明するために。

千草は、彼らを一人たりとも残さぬよう、再び萩月を携え跳ねたのだった。

「誠に、申し訳ござらんかった！」

千草は一人のこらず一撃で無力化したあと、すぐさま身を翻してエルアの前で土下座した。

「主殿がこちらに駆けつけられたということは、このマフィアは主殿が把握していらっしゃった所。拙者、主殿の牙であると宣言した身にもかかわらず、主殿の不利益になるような行動を起こしてしまった。勝手に暴走しただけでなく、お手間を取らせ申した」

「うわわあう、ええええとね」

部屋の隅で意識を失っているサーラに膝枕をしていたエルアは、ひえ、と息を呑む。

しかし、周囲にアッシュやディアンという「一般人」が居るせいか、反応はごくごく控えめに抑えられていた。

「わ、いやうん！　元々処置しなきゃいけないな、って組織だったから、千草が潰すのは問題なかったのよ。吸血鬼がバックに付いているのなら、最優先で対応しなきゃいけなかったし。でも、マフィアだったら詳しい私がいたのに、相談をしなかったのは、どうしてかしら」

「それ、はその。拙者のわがままで、ござったゆえ。主殿を煩わせるわけにはと考えた次第」

「それが、私は悲しかったわ。ディアンくんやサーラさんのような人を、見捨てるような主だと思われているようで」

千草がはっと顔を上げると、エルアは緑の瞳に憂いを帯びさせていたが、深い理解があった。

「うん、わかってる。そうじゃないというのは。けれど主……というより、仲間で家族なら、あなたが私を助けてくれる分だけ、報いたいと思うの。困っているのならできる限り手をさしのべたい。それを知らずに居る方が、私は嫌だわ」

吐露したエルアに対して、千草はかつての師匠の姿が脳裏をよぎる。

『我ら家臣は、主の障害を切り払う牙だ。主が家臣に必要以上に目をかける必要はない。我らは武具であり武器。感情など必要ない。主君が生み出す、より良き治世の礎となることが誉れだ』

師は必要ならば、自己を殺せと言った。それが良き治世となるならば、主に切り捨てられることも喜びとしろと。煩わせることだけはするなと。

だが、エルアは家臣の憂いを払いたいと言う。どちらが良いかと考えることすら不敬だと、きっと師は言うだろう。だが、そもそも、「仕えたい」と自ら主として選んだことこそ、不遜なのだ。

こんな人だからこそ、惚れて刃を捧げていたのに。まだ千草はわかっていなかったらしい。

エルアは珍しく眉を寄せて、怒っていますと言わんばかりの態度で続ける。

「それでね。私が今回とがめるのは、『事前に相談しなかったこと』と『私怨で他人を巻き込んだこと』よ。特に、当事者でもディアンくんを巻き込んで先行したのは良くなかった。というわけで千草、やるべきことはわかる？」

「うむ……」

うさ耳をへたらせて悄然とした千草は、泣きはらした目をするディアンに向き直る。

「誠に申し訳なかった」

「い、いいんだっ。だって、千草ねーちゃんが来てくれなかったら俺達ひどいめにあってた。俺だって、本当のことわかってなかったもん。どうしようもない気持ち、ねーちゃんが迷わずいいよって、協力するって言ってくれて救われたんだ」

ディアンが、ぎこちなく顔を引きつらせて、千草を見上げた。

「だから、おあいこってことだろう」

「ディアン殿……かたじけない」

洟を啜って語るディアンに、千草は再度頭を下げた。

短い間とはいえ戦場を共にしたのだ、それくらいの連帯感は芽生えていた。

その間に、エルアは少し離れた場所に居るアッシュを見上げた。

「さあてと、じゃあマルトーさん！　ちょっとお話いいですか？」

「……私は、自分に課した神への誓いを破った、ただの罪人だ。さばきを受けるつもりだよ」

「いやそれはまじで困るんですよ、みんなのお父さんなマルさんが豚箱に入るなんて、圧倒的に私がいやなのでかなしいので泣いちゃうので」

「……？」

ゆっくりと瞬きをするアッシュは、よく聞こえなかったようだ。しかし千草にはエルアが早口で呟いた内容も、その調子もよくわかった。

それは、エルアが千里眼で垣間見た世界の住人……推しに対してのものだ。

エルアが迅速に動けた理由を千草がなんとなく察している間に、我に返ったエルアが咳払いをしてごまかすと、アッシュへと言い募る。

「私は、あなたが過去の行いに対する罰を受けたいのを知っています。今の行いに対しても罪を背負った、と感じているでしょう。でも同時に贖罪として、あの支援院を運営しているのも知っているんです」

「……なんだと」

目を見開くアッシュに、エルアは身を乗り出すように言い募る。

「ええ、だから私は、あなたの罪を引き受けましょう。あなたが平穏に暮らせるように。あなたがこの組織で行ったことも、関わっていた事実も抹消します。私にはそれができるだけの力がある」

「……なぜ、私だけ見逃す？　はいそうですか。と感謝し受け入れられるほど、平穏な生活をしていないものでね」

アッシュが鋭い眼光を向けるのに、エルアはひゅっと息を呑む。だが千草は、彼女がその覇気に中てられたわけではないのを、うすうす感じていた。

それが正しい証拠に事後処理を進めていたアルバートが、小さく呆れのため息をこぼすのが聞こえる。

「エルア様」

「大丈夫よアルバート、気にしないで」

再び仮面をきれいにかぶったエルアは、アッシュに向けて誠実に居住まいを正した。

「ええ、そうね。あなたはマフィアの恐ろしさを知っているでしょう？　一度慈悲をかけられたら最後、一生搾取をされ続けると」

「その通りだ。私はそれを覚悟してサーラを救い出すためにジェロージファミリーへ入り込んだ。だが、君も子供達を要求するのであれば、私はここで死を選ぼう」

「でも私、マフィアじゃないのよ？　ただ、ちょっとお友達に顔が利くだけの普通の経営者なの」

にっこり微笑むエルアに対し、アッシュは目を見開く。

「……は？」

「そう、だからこれは千草がお世話になったサーラさんに対するお礼と、あとディアンくんに対するお詫びなの。ホワード商会が寄付をしている施設なら、誰も手を出さないわ」

「なにが、目的だ」

「千草の草鞋をしっかり編めるのが、サーラさんとディアンくんだけだからよ。これからも、彼女がお嫁に行ったり別の仕事を始めたりするまでは、定期的に編んで届けて欲しいの。そうしたらホワード商会がかき……こほん。寄付するわ」

今度こそ、アッシュは絶句した。

エルアは恐らく、話を知った瞬間から、マルトー支援院に裏から出資するつもりだったのだろう。千草には、彼女が支援をおおっぴらにできるようになって、喜んでいるような気がする。

「だからね、マルトーさん。彼女達のために、あなたにいてもらわなきゃ困るの。おとなしく、院長先生をやってくださいね」

すがすがしいまでの強権的な振る舞いだった。

アッシュはにわかに信じられないという顔のまま黙り込む。その足にディアンが抱きついた。表情は複雑にゆがめられていたが、声には懇願が込められていた。

「アッシュ先生、俺達を置いてったこと、許さないから。ガキどもも待ってんだから帰るんだぞ」

「ディアン……」

「たっぷり恨み言を言うまでは、ぜってー死なせねえからな」

ぎゅう、と服を握って放さないディアンに対し、アッシュは激情をこらえるように瞑目した。

彼らの姿に、千草は少しの安堵と、寂寥のようなものを感じたのだった。

その後、エルアはジェロージファミリーの本拠地のありかを警察に通報した。

そう、通報したのだ。裏社会に生きる者にとって、表社会で捕まるのは屈辱ではある。しかし、警察に金を握らせて逃れることもある。

しかし、今回は長であるジェロージが、何かに怯えるように法的なさばきを受けることを望んだ。

その結果、郎党全員が裁判を待つ身となっている。

吸血鬼ミュゲルによって意に沿わず従わされていた娘達は、解放されて適切な治療を受けているという。そして、支援院の名前も、アッシュ・マルトーの存在も、ジェロージファミリーから一言も名が出てくることなく、普段通りの様相に戻っていた。

数日後の朝食の場で、そういった経緯を教えてもらった千草は、千草を眺めながら楽しげに食事をするエルアに意を決して話しかける。

「その、主殿。訊ねてもよろしいか」

「なあに、千草！　その耳の立ち具合はかなり真剣な話とみましたが」

背筋を伸ばして向き直ってくれる彼女に対し、あの場で言及されなかったことを聞いた。

「主殿は、拙者の故郷がすでに失われていると知っておられた。ならば、拙者が故郷を滅ぼした我が師に仇討ちを成したいことも、知っておられるだろうか」

朗らかだった彼女の表情が、はっとしたあとすぐに引き締められる。

後片付けをしていたアルバートの手も、僅かに止まった。

彼女が己の事情を把握しているのは、普通は不気味に思うべきなのかもしれない。だが千草にとっては、事情を把握していても、誓いを受け入れてくれたのだと嬉しくなってしまうものだ。

だからこそ、千草は改めて自分の言葉で語ることにした。

「今まで拙者はただ侍として、一族の仇は取るべきだと考えていた。そのために師を倒す力が必要だと。情を差し挟む前にそう考えてしまうくらいには、拙者、己の心の機微に疎かったのでござる。主殿に指摘されて、拙者は初めて己の中に復讐心があると気づいたのだ」

そう、千草は師を越える必要があるにもかかわらず、師に教わった「侍」としての考えから抜け出してはいなかった。ただ、侍としてやるべきだからと思っていたのだ。

むしろ、己は師の強さにあこがれてすらいた。侍として誇り高くあれ。あの男を越えたいと、己を鍛え上げるため、国から離れたのだ。

己はやはり、師の言うとおり、一歩間違えれば獣に成り下がる危険があるのだと思ったのだが。

千草の告白を飲み下すように、一拍二拍と沈黙していたエルアは、小さく呟いた。

「……千草はただ、悲しめないほど、辛かっただけだと、思う。だって家族と、故郷と、大好きな師匠、一度に失ったんだもの」

千草はこみ上げてくる、裂傷とも、刀傷とも、打撲ともちがう痛みを思い出す。

両親、故郷の者、そして師匠の顔が浮かぶたびに、鮮明になる痛みだ。それは、千草が今まで遠い彼方に置いてきた悲しみ、怒り、理不尽、という激情なのだ。

「家族の無念を晴らすためには、仇討ちをせねばならん。拙者は今まで、刃に感情を乗せるなと教わってきた。より研ぎ澄ませた牙でなければ、遥か高みにいる師と渡り合えぬと思っていたのだ」

だが結局、千草は師に対する理不尽な思いと、敬愛をどちらも捨て切れていないとわかった。

ディアンが院長に対して仇を討つ、と言ったときに己が抑え切れなかったのもそのせいだった。

修行が足りない。しょんぼりと耳を折る千草はひゅっと、何かが近づいてくるのを察知した。

殺気が乗っていなかったため、避け損ねる。

ぱちんっと耳に向けて指をはじかれた。

軽い衝撃に思わず耳を押さえて振り向くと、それを為したアルバートが鼻を鳴らす。

エルアの居る前では完璧な従者をしているアルバートが、暴挙に出るのは本当に珍しい。

「復讐は、徹頭徹尾自分のためにやることだ。そうではないならやめろ」

そう低く言ったアルバートは、嘘のように作業へ戻る。

これは、一体。なんなのか。千草がぽかんとしていれば、エルアがひぐ、と息を詰めると同時に号泣していた。

「ど、どうなされた主殿⁉」

千草が椅子から立ち上がり、エルアに駆け寄ると、彼女は顔を覆いつつ叫ぶように言う。

「ふえぇ、その葛藤が本質だとわかってるけど、千草はもっと自分の気持ちを優先してぇぇっ」

「う、うむ⁉」

　べしょべしょと泣くエルアに対し、千草はおろおろとするしかない。それでも彼女の肩にそっと手を添えて宥めるよう試みる。しかしエルアは、嗚咽を漏らしながら続けた。

「良いんだよぉ、悲しんで怒ってからでぇ、千草が千草の意思で決めて良いんだからぁ……」

「主殿は復讐を語っても、止められないのだな」

「だって、それは、千草の自由だもの。主だったとしても曲げたくないもの……」

　十和では、武士ならば主君の意に従うのが当然だ。何百年もの間領地を平定し、庇護をしているご恩を返すために滅私奉公するものである。少なくとも師はそのように主君に仕えていて、千草もそう教えられた。

　けれど、エルアはそうしない。千草は牙を捧げたにもかかわらず、ただの一度も千草に感情を殺せと言わない。求めない。今まさに、止めたそうな顔で泣いているのに言わないのだ。

「ううう、それが千草だもの。生きて帰ってきては欲しいけど。納得してやるのなら止めないわ。あっでも！　千草が悲しいんなら私、その原因を根こそぎ処分しに行くから絶対言ってよ！」

「……うむ。かたじけない」

　千草は、こみ上げてくる想いのまま、じんわりと笑った。

「拙者、恥ずかしながら、自覚したばかりでうまく言葉にできぬ。ただ斬ればよい、ということではないのだとは理解した」

「うん、うん……！」

「だから、主殿の元で学べればと思う。そして、師への想いと向き合いたい」

そこからだ。きっとここから、千草はようやくエルアに捧げられる牙となれる。

「不遜で、ござろうか」

「今千草が最高にエモくて尊いので万事おっけーです！　あなたが信頼できるように私も精進するからね！」

そういうこの人だから、千草は仕えたいと思ったのだ。

号泣しながら言い切ったエルアだったが、号泣は止まらないどころか激しくなる。

「というかアルバートが千草を気遣ってるのが尊いぃぃぃぃ！　なに今のなに今の⁉　え、しんどいが深すぎる。はー嬉しい、アルバートが気を許せる相手が増えたなんて」

「気遣っていません。……少しいらっとしただけですから。失礼致します」

淡々と言い返したアルバートが、カトラリーを片付けに退出する。

よくわからない千草は、だいぶ涙を引っ込ませたエルアと二人きりで戸惑う。

けれど、涙をぬぐったエルアが、内緒話をするように千草に口を近づけてきた。

「あのね、アルバートにも色々あって。復讐には敏感なの」

「なんと」

「でも今回の本題はそれじゃなくて。アルバートは普段、自分の考えを相手に押し付けるようなことはしないの。そこまでするほど、他人に興味がないから。なのに千草に自分から持ち出したのよ」

そうだ、と千草は思い出す。彼は、言葉よりも行動で示す人間である。そんな彼が忠告を口にするのが珍しい。

さらにエルアは、こみ上げてくる喜びを抑えきれないとばかりに笑った。

「それに今だって。気を許せる相手、ってところ、否定しなかったの」

初めて気がついた千草はぴん、とうさ耳を立たせた。

あの男はエルアが良いと言ったから千草を受け入れたが、一線は引かれていると感じていた。新参者に対して、警戒するのは当然だ。だから千草は同じ主に仕える者としての信頼があれば十分だ、と考えていた。

自分はこのような機微に気づくのが得意ではない。エルアがいなければ思い至れなかっただろう。

「たぶん、アルバートも気づいてないいんじゃないかなぁ。うふふ……大変よいアルバートを摂取できて私の萌えゲージは満タンよ」

目元を赤くしながら嬉しそうにするエルアに、千草もじんわりと笑みがこぼれてしまう。

「拙者も、もっと精進いたそう」

この場所で、千草は千草として。師とは違う方法で主に仕え強くなる。

「あっ千草がまぶしいっ」

手をかざして仰け反るこの主は、時々だいぶ様子がおかしい。

けれど、千草はやっぱりここが良いと思うのだった。

あとがき

おはようございます。あるいはこんにちは、もしくはこんばんはでしょうか。

本日はお日柄も良く、『悪役令嬢は今日も華麗に暗躍する』二巻をお届けすることが出来ました。こうして再びお会い出来ましたことをとても嬉しく思います。えへへ。

エルアさんとアルバート達の暗躍劇、ついでにぷち切れアルバート。楽しんでいただけたのなら良いのですが。ここまで恋愛要素多めの話を書くのが久々で、ちょっとばかしおや？　となりつつ楽しく書いておりました。

さて今回は、特別編ということで千草さんの番外編がついております。これは本編では少々スポットを当てづらい、彼女の普段と、ちょっとした秘密に焦点を当ててみました。

ちょっと抜けているけれども、武士としてまっすぐな彼女がどうして形成されたのか。掘り下げてあげたいなあと思っていた部分だったので、お披露目出来てほっとしております。

千草さんはエルアさんにとっても思い入れの深いキャラクターの一人ですので、きっと毎日惚れ直しつつ、このお話でも惚れ直したのだろうとしみじみ思ってほっこりしました。

話は変わりますが、この二巻が発売される前から、このお話の漫画がガンガンＯＮＬＩＮＥにて配信されております。作画は高松翼先生！

悪役ムーブと、脳内ヲタクモードのエルアさんの落差が大変愉快で、アルバートさんの顔が良いです。えっこんな贅沢良いの？？？　の連続なので、ぜひ覗いていただけましたら幸いです。あの吸血シーンを見られたことには、私は生きていて良かったと思いました。

ここからは謝辞を。この本を出すに当たって、編集さん、デザイナーさん、校正さん……様々な方にお世話になりました！　ありがとうございます！

イラストレーターの春が野かおる先生には、ペンライトを持ったエルアさんを描いていただけて本望でした！

さらに、ひいこらしていた私を構ってくれた友人達にもお礼を。

何よりこの物語を応援していただけた読者さんに感謝を捧げます。ありがとうございました。

またどこかでお会い出来ることを願いまして。

雪の気配が遠のいた頃に　　道草家守

カドカワBOOKS

悪役令嬢は今日も華麗に暗躍する２
追放後も推しのために悪党として支援します！

2021年５月10日　初版発行

著者／道草家守

発行者／青柳昌行

発行／株式会社KADOKAWA

〒102-8177
東京都千代田区富士見2-13-3
電話／0570-002-301（ナビダイヤル）

編集／カドカワBOOKS編集部

印刷所／大日本印刷

製本所／大日本印刷

Printed in Japan
ISBN 978-4-04-074006-5 C0093

新文芸宣言

かつて「知」と「美」は特権階級の所有物でした。

15世紀、グーテンベルクが発明した活版印刷技術は、特権階級から「知」と「美」を解放し、ルネサンスや宗教改革を導きました。市民革命や産業革命も、大衆に「知」と「美」が広まらなければ起こりえませんでした。人間は、本を読むことにより、自由と平等を獲得していったのです。

21世紀、インターネット技術により、第二の「知」と「美」の解放が起こりました。一部の選ばれた才能を持つ者だけが文章や絵、映像を発表できる時代は終わり、誰もがネット上で自己表現を出来る時代がやってきました。

UGC（ユーザージェネレイテッドコンテンツ）の波は、今世界を席巻しています。UGCから生まれた小説は、一般大衆からの批評を取り込みながら内容を充実させて行きます。受け手と送り手の情報の交換によって、UGCは量的な評価を獲得し、爆発的にその数を増やしているのです。

こうしたUGCから生まれた小説群を、私たちは「新文芸」と名付けました。

新文芸は、インターネットによる新しい「知」と「美」の形です。

2015年10月10日
井上伸一郎

悪役令嬢になんか、なりません。
私は『普通』の公爵令嬢です！
さわるなキケン
明。
illustration
秋咲りお

カドカワBOOKS
死亡フラグ回避のはずが、
ヒロインイベントが発生!?
私は普通の公爵令嬢です！
悪役令嬢になりません。
B's-LOG COMICS
コミックスも
発売中!!!!!
漫画：ユハズ
シリーズ好評発売中
乙女ゲームの死亡フラグ満載な悪役令嬢に転生したロザリンド。ゲーム知識を使い運命を変えるべく行動するも、事件が次々と勃発！　しかも、ヒロインにおこるはずのイベントをなぜかロザリンドが回収しちゃってる!?